心灵深处的歌

姚振良 著

天津出版传媒集团
百花文艺出版社

图书在版编目（CIP）数据

心灵深处的歌 / 姚振良著 . -- 天津 : 百花文艺出版社 , 2023.8
ISBN 978-7-5306-8666-9

Ⅰ . ①心… Ⅱ . ①姚… Ⅲ . ①诗集—中国—当代
Ⅳ . ① I227

中国国家版本馆 CIP 数据核字 (2023) 第 164152 号

心灵深处的歌

XINLING SHENCHU DE GE

姚振良　著

出 版 人：薛印胜

责任编辑：郑　爽

装帧设计：百悦兰棠 [BAIYUE LANTANG]

出版发行：百花文艺出版社

地址：天津市和平区西康路 35 号　　**邮编：**300051

电话传真：+86-22-23332651（发行部）
+86-22-23332656（总编室）
+86-22-23332478（邮购部）

网址：http://www.baihuawenyi.com

印刷：廊坊市海涛印刷有限公司

开本：880 毫米 × 1230 毫米　1/32

字数：250 千字

印张：10.75

版次：2023 年 8 月第 1 版

印次：2023 年 8 月第 1 次印刷

定价：68.00 元

如有印装质量问题，请与廊坊市海涛印刷有限公司联系调换
地址：河北省廊坊市安次区码头镇金官屯村海涛印刷有限公司
电话：（0316）2516002　邮编：065000

生存现实之上的心灵之歌

——姚振良诗集《心灵深处的歌》序

邢海珍

人生与诗结缘自是一种幸运，人超越对物质层面的追求之后，诗的、文学的追求就是人生更高端的需要。姚振良一直坚持写诗，他虽不是以写作为职业的诗人作家，但他对诗和写作的热爱是执着甚至是痴迷的。多年以来，他一直处于忙忙碌碌的工作状态，写诗是他的业余爱好，在生存的现实之上，诗歌成了他不可或缺的精神需求。他写诗不刻意求发表，也很少拿出来给人看，他写诗不是为了得到什么，只是有感而发，性情使然。作为机关干部，他总是忙里偷闲，把对诗歌的喜爱当成了自己的一种精神追求。人生和世界在他的笔下，是多姿多彩的风景，他用诗歌把自己的内心打开，生活就变成了一种流动的状态，如风似水地成为一道自由的、潺潺向远的溪流。

《心灵深处的歌》这部诗集的结集出版，是姚振良多年创作的总结，是他走向诗歌的一个新的起点，一切都还是刚刚开始。这些诗作都是对人生、对世界的直接体验和感受，是关于生活现实中的感悟和心灵深处的情感抒发。

姚振良既写古体诗也写现代诗，这部诗集分为上、下两卷，上卷为古体诗，下卷为现代诗。无论写古写今，他的诗都是贴近时代，贴近心灵，总能给人以激励和享受。说心里话，抒真性情，他的诗有情调、有哲理，是写生活感怀的人生之诗。

诗人王鸣久在他的诗话著作《诗悬》中说过："人的情感世界的天真性、丰富性，人对美好事物的敏感性、共通性，使其本能中的诗意，可以说是无处不在，并无时无刻不闪现在日常情境之中。"姚振良在日常生活中，与一些微妙的事物相遇，总能引发心灵的波动，于是每每形成诗的文字。尤其在他的感情世界里会有一扇诗的窗子敞开着，并以其敏感之心与人生的万事万物碰撞，使生命的本色在愈加丰富多彩的生存际遇中达成了艺术的默契，进而促成由现实生活到诗意表达的转化过程。

姚振良的诗写得单纯质朴，把亲情和爱情抒写得自然而深切，用细腻的笔致表现了不同角度的心灵风景，诗的内涵像春天的雨水，有一种清新浸润的力量。

《都是你》一诗只有两节六句，情感的表现方式很新颖很别致：

捧在我手掌中的——是你
装在我心窝里的——是你
居住在我睡梦中的——是你
走进我生活里的——还是你
不离不弃的——是你

难舍难分的——也是你

诗的直抒胸臆式的语言方式率性、通透，每句的结束都是肯定的话语“是你”，诗人在此虽然没有更多的含蓄和蕴藉，但情感的锋芒却是非常强烈，是爱的箴言，是内在世界的敞开和剖白。这样的爱情诗有快捷的速度，不是平铺直叙，做“点”上的文章，找准了一个角度，能给人以新鲜感。这种心灵独白的方式，很具有抒情的直接性特征，感染的效果很好。《自白》一诗也是一种自语的表白，诗人是通过诗把心中的话说出来：

多少次
我都想放下柔情的笔
可你总是在不经意间
闯进我的思绪里
割也割不断，挥也挥不去
微笑的你风度翩翩，激情四溢
多少次，是放不下的你
总出现在我的梦境里
相拥相依
窃窃私语

诗人用一支“柔情的笔”来抒写心中的情愫，是一种挥之不去的丝丝缕缕缠绕笔端，想放下却又是“割也割不断，挥也挥不去”，最终还是“放不下的你”，以“梦”的虚拟方式来表达感情的极致。诗是灵魂的风景，姚振良在自我的灵魂层面强化一种主观性，看似寻常的生活内容有了灵动之思和悦人耳目的新异感，使诗歌对于人生的实在性有了较大幅度的超越。

诗人写诗，是人创造了诗，但反过来说，诗也反哺于诗人。诗的情感抒写、诗的情境一旦独立而成为一种艺术形态，就可以过滤和提纯人生和生命，诗本身就是对人的本质的一种潜移默化的完善。姚振良的诗写得情深意重，是诗人在写作中对于“善”和“爱”的砥砺、陶冶的过程，诗意的创造使诗人的内在世界更加美好。在《游杜甫草堂有感》一诗中，诗人写下了这样深切的感叹：

适逢战乱举家迁，小住蓉城草木间。
忧国忧民忧社稷，吟风吟月吟诗篇。
文人墨客常光顾，故友亲朋总照看。
青史留名千古颂，唯遗巨著在人间。

对诗圣杜甫的敬仰推重，表现出诗人忧国忧民的家国情怀，以古人的文化精神和深切的民本思想陶冶自我的性情，在心中筑起与人为善、勤政为民的人格高度。《思念》可以说是一首爱情诗，也可以说是一首人生励志的诗：

我是一只彩蝶
飞到你身边
携带着梦的花海
在春的世界里翩跹
我是一颗流星
将爱恋点燃
让炽热的火花穿越夜空
激情的烂漫照亮心中的黑暗
我是一只雄鹰
带着祝福与期盼
在你辽阔的晴空翱翔
飞向人生理想的彼岸

姚振良的诗写得清晰明彻，没有故作高深的玄奥，没有迷宫式的牵绊和缠绕，就像一溪泉水从心灵中流出，诗意便自然而然地形成了，这样的写法是顺乎情性，读来有一种浑然天成的感觉。《思念》分三小节，分别由“彩蝶”“流星”“雄鹰”三个意象领起，“彩蝶”携带花海，“流星”点燃爱恋，“雄鹰”翱翔晴空，相互勾连，各有着落，层层推进，当是诗人心性不断提升的过程。这样的诗虽然未必“臻于化境”，但却是理路明晰、意绪陶然，正如清代诗论家朱庭珍所言：“大小浅深，引之即出，其言有物，自然胜人。”

《永恒的记忆》一首是怀念母亲的诗，表达了姚振良发自灵魂深处的痛，“通往田野的羊肠小道 / 讲述着昔日主人的辛劳 / 一串熟悉的脚印 / 是清晨的霞光万道 / 那仍旧摆在书桌上的座钟啊 / 如同昔日的主人一样 / 也停止了心跳 / 可妈妈虽然离开我们十个春秋 / 她的音容笑貌啊 / 还清晰地印在我的脑海里 / 擦也擦不去，抹也抹不掉”。母子情深，是人间世界最为虔诚的情怀，在诗人们的笔下各有不同的表现。姚振良的一个不同寻常的比喻，让这首诗在诗人的独特感受中立地生辉，“那仍旧摆在书桌上的座钟啊 / 如同昔日的主人一样 / 也停止了心跳”，以生活中留下的寻常旧物来寄托对母亲的怀念之情，深切、沉重，停止走动的钟与停止心跳的人形成了内在的联结，这就形成了顺情顺理的诗的逻辑。

我从姚振良的诗中，既读出了他人生大世界的微妙、细腻之处，也读出了他一己心灵的丰富和博大，一个人在诗歌之中找到了生命漫游的去处，或许是一种人生的福分。文字是水，想象是风，诗便是心灵之舟，姚振良在另一种天地中构建着自我的人生风景。《六河九岸是吾家》写的是家乡风物之美：

六河九岸是吾家，美丽富饶我爱它。
沃野茫茫翻稻浪，兰河滚滚有鱼虾。
良田广袤生包谷，峻岭绵延映彩霞。
展望明朝花似锦，生活富裕众人夸。

六河九岸富庶之地的景观描写，表达了诗人对故乡的深沉之爱，诗以朴实通畅的语言描述了沃野良田的生动形象画面，寓深爱于美景之中，读来让人深深陶醉其间。

他创作的诗歌本身，就是一个多姿多彩的世界。《云彩》一诗，他写"您从上苍走来 / 您有千变万化、千姿百态 / 说走就走，说来就来 / 大气磅礴是您的思路 / 遮天蔽日是您的气概 / 说走就走，说来就来 / 您真诚的泪水 / 荡涤了世俗的尘埃"，拟人化的意象很大气，诗中饱含着诗人内在的精神质地，有包容天地的大气魄，充分表现出对大自然的敬畏之心。

在《一把花折伞》一诗中，姚振良以想象营造出一个凄美而柔婉的童话世界：

一阵劲风
把亮丽的花折伞掀翻
原来是一对鸳鸯在花折伞下
窃窃呢喃
鸳鸯飞走了
飞向遥远的天边
只有花折伞孤苦伶仃地
斜卧在路边
日月如梭
光阴荏苒
那把原本亮丽的花折伞

渐渐失去昔日的容颜

一对象征着爱情的鸳鸯，为一把花折伞平添了生命的内涵和人情人性的景观，但是鸳鸯飞走了，花折伞失去了往日的欢颜，在流逝的光阴中承受必然的失落。鸳鸯、花折伞是相互依存的关系，或者说失去了一方，而另一方的价值就会大打折扣。虽然不是人生的写实，但诗中想象的感悟提醒人们，在严峻的现实情境里，应当从容面对一切变故。在简练的勾勒中，可以看出姚振良对于生活复杂性有了较深的理解。

在《感伤》一诗中，姚振良更注重情感表达的直接性，他离新诗传统的抒情方式更近一些。抓住“松柏”“大海”“白云”三种事物，是一种情怀的寄托方式：“虽然一夜未眠 / 可我没有一点倦意 / 于是我对松柏说 / 是什么让我如此伤感失意 / 松柏低垂 / 默默无语 / 一阵凉风袭来 / 似乎在抚摸着我的脸颊 / 帮我擦拭眼角的泪滴 / 鼓励我振作精神 / 鼓起勇气 / 总有一天会找到爱的真谛 / 我对大海说 / 是什么让我如此感伤失意 / 海浪声声 / 似乎在安慰我 / 不要太在意 / 随着时光的流逝 / 一切都会慢慢过去 / 打开你记忆的闸门吧 / 让所有的感伤失意 / 随波而去 / 重新去寻属于你的那片 / 圣洁的领地 / 我对白云说 / 是什么让我如此感伤失意 / 白云悠悠 / 动感惬意 / 并送来青丝一缕 / 悄悄告诉我 / 感伤会匆匆来 / 也会匆匆去”。三种事物虽然还没有进入意象的层面，但诗人已把它们作为倾诉对象，强化了诗性的抒情氛围，有了意境，多了几分美感，这是诗所不能缺少的。

获得诺贝尔文学奖的法国著名诗人圣琼·佩斯曾在授奖仪式上说过：“诗歌不仅是一种认识手段，诗歌首先是一种生活手段，而且是完整的生活手段。既然诗人曾存在于史前穴居人之身，诗人也必将存在于原子时代人之身，因为这是人的个性中不可分割的部分。”诗歌不是独立于诗人生活之外的悬浮之物，而是与生活纠结在一起的灵肉结合体，诗人无法把诗与自我本真的生活分离开来。姚振良的诗，从体制上看并不复杂，但其生活的情感内涵却是非常丰富。许多生活的细枝末节在他的笔下，可以生发出新鲜的诗意，写出更多不寻常的诗作来。

在人生世界上行走，姚振良曾为诗意的文字所痴迷，他总是诗意地看取万千事物，常常被诗情所感染，发现寻常生活中的一些亮点，情动于中，很自然地走进了诗情诗意的境界之中，我看这就是很好的选择。诗路是艰难的，无论如何他还是有很远的路要走的，日后付出更大的努力自是必然的。《心灵深处的歌》虽是一个写作阶段的总结，但更主要的是一个新里程的开始，相信姚振良能够坚持下去，不断地在修炼中精进，不断打造写作之路上最为优秀的品格。

邢海珍

男，中国作家协会会员，绥化学院中文系教授。文学创作以诗歌为主，兼及评论及理论研究。在《诗刊》《星星》诗刊《人民日报》等报刊发表诗作，曾获黑龙江省文艺奖、《中国诗人》年度奖等多种奖项。

目　录

第二部分　现代诗

第一部分

古体诗

春雪

好雪应时落，初春降碧空。
山川披素锦，原野罩白绫。
雾笼唯豪饮，天晴好备耕。
黎民扬笑脸，万物暗萌生。

（2019.3.13 早）

桃花赋

含笑嫁东风，争春绽俏容。
近观千树艳，远望万枝红。
日暖东城里，风吹西苑中。
落英不褪色，隐隐透香浓。

（2019.3.15 晚）

欢聚

春分瑞雪归，远客应约回。
旧友新朋聚，珍馐美味陪。
情深用碗饮，兴致对瓶吹。
待到人皆醉，无不笑展眉。

（2019.3.21 午）

和塞外侠客媚儿

己亥当应裁，梨花万树开。
云潮逐浪涌，瑞雪漫山皑。
吟赋抒怀也，咏梅寓志哉，
安邦需砥柱，何故妒英才？

（2019.3.21 午）

心愿

梦里萦怀事，忡忡念楚荆。
醒来轩外看，路巷已开通。

其二

商街人熙攘，店铺业兴隆。
举樽邀明月，清歌九州同。

其三

苍茫夕照明，黄鹤入云中。
俯瞰群山小，晚来气势弘。

（2020.3.4）

寒夜

长街人迹少，唯见雪花飘。
月隐星不见，何时涌绿潮？

（2020.3.7）

傍晚

余晖渐渐收，乌鹊宿枝头。
农户炊烟起，扁舟逐浪游。
晚霞涂碧树，斜日映琼楼。
远处笛声醉，悠悠桑梓愁。

（2019.3.27 晚）

酒

酒逢知己饮，千万莫超喝。
斟少瑕疵少，喝多害处多。
久偿三气乱，微醉五行和。
做事应知度，人生才快活。

（2019.4.8 早）

春归

紫燕唤春回，樱花绽笑眉。
河边垂柳舞，田里麦芽肥。
堤岸黄鹂唱，云中鸿雁飞。
学童归去早，结伴沐余晖。

（2019.4.21）

四川之行感怀

（一）竹海

身居天府国，亭立大江边。
浓郁能遮日，葱茏可蔽天。
躬身迎远客，笑脸对群山。
名利皆抛却，巍峨天地间。

（二）黄龙之水

圣水自天来，青山两面开。
飞流三百尺，涛响黄龙裁。

（三）九寨沟之山

千山云雾中，仰视近苍松。
极目蜀天阔，方能露面容。

赠友人

鸿雁已南飞，冷风沃野吹。
满街枯叶落，一片赤心灰。
惆怅闻鸡舞，萦怀待客归。
梦中桑梓会，醒后愈伤悲。

其二

故友三千里，思归不可归。
庭前思旧事，月下吐心扉。
日日遥南国，时时盼客回。
唯期相见后，昼夜举金杯。

仙人球

一个大绒球，针针鬼见愁。
蚊蝇犹恐惧，谁敢触霉头？

多肉

似花不是花，四季无枝芽。
不畏西风冷，山崖并水涯。

无题

深夜怨天凉，出租车太忙。
回眸稍纵逝，枯叶任风扬。

（2018.11.6 晚）

秋叶

白露降清霜，身着七彩装。
初冬凝作土，春至护花香。

（2018.11.8）

有感于微信表情“等”

为了见尊君，不怕雨淋襟。
久久亭前立，可晓一颗心？

（2018.11.9 中午）

育儿

秋去柳丝黄，冬来草木霜。
虽无芳草绿，尚有菊花香。
稚子迷文墨，孙儿爱武装。
朝习跆拳道，夜半咏诗章。

（2018.11.7 夜）

冬早

旭日喷薄出，晨辉洒碧湖。
游人扬笑脸，庄野绘新图。

（2018.11.20）

成就展有感

丹青抒壮志，翰墨写华章。
盛世诗文颂，花开朵朵香。

（2018.11.13）

蚕衣感怀

天寒地冻时，知己送蚕衣。
穿上周身暖，感激涕泪滴。

其二

遥想少儿时，弟兄姐妹七。
家贫母患病，天冷着单衣。

其三

时光荏苒逝，往事渐依稀。
珍视身边友，春来鸟自知。

（2018.12.1 午）

感伤

初春星拱月，仲夏汗沾裳。
秋季熬心血，隆冬睡冷床。
时常饥辘辘，终日意惶惶。
乌发涂白雪，何曾记暖凉？

（2019.1.16 晚）

游子归

大寒风瑟瑟，游子返乡急。
超市买年货，商城再购衣。

其二

漫漫回乡路，搭船又乘机。
归心真似箭，念母又思妻。

其三

爱子还家信，报于慈母知。
蘑菇兼炒粉，炖肉又杀鸡。

其四

久久门前站，寒流何惧袭。
一声儿想你，慈母泪频滴。

（2019.1.21 早）

喜相逢

空野雪纷纷，城郭草木深。
原驰蜡象去，山舞银蛇奔。
喜鹊刚传信，来宾已进门。
久别良友会，把酒敬归人。

（2019.1.5 夜）

无题

室外月儿明，楼中却冷清。
打开新电视，播放《垄上行》。
缕缕牵怀意，离离思念情。
归来疑太早，不见倚门迎。

（2018.12.20 夜）

访寒

拳拳公仆心，解困泪沾巾。
挥手离别后，家人一样亲。

（2018.12.24 晚）

寒窗苦

出身乡野间，不敢忆从前。
自幼多磨砺，上学没几天。

其二

来往三十里，屡经好坏天。
服装冬夏换，褪色又飞边。

其三

带饭一天天，粮粗咸菜咸。
来回全走路，累饿两熬煎。

其四

回首寒窗苦，常常红眼圈。
儿孙当谨记，切莫负华年。

（2019.3.2 下午）

心志

身在琼楼阁，心驰凌太空。
初心终不改，诗情伴始终。

其二

不达泰岳顶，切莫止行踪。
岁月悠悠过，拳拳赤胆忠。

其三

诗词书画赋，说唱琴棋通。
舞剑闻鸡起，天天练硬功。

其四

习作著三卷，宣讲识新攻。
不怕学时晚，只忧不持功。

其五

功成勤且早，术业有专攻。
不辍生花笔，耄耋仍从容。

其六

身瘁思行尽，依然映雪功。
人生宜勉励，浩气贯长虹。

（2019.3.3 早）

春风

春意融融日，和风缓缓吹。
游人扬笑脸，美景醉心扉。

其二

街畔柳稍垂，枝枝沐晓晖。
丁香齐绽放，游客笑微微。

（2019.2.24）

冬游孤岛（五古）

冬深至孤岛，处处闻啼鸟。
不识瑞雪飞，只见炊烟袅。
流云绕日升，野兔卧枯草。
草长迎春归，游子可知晓。

（2019.1.29 晨）

祝福（五古）

梅点迎春俏，欢声佳节到。
南国龙腾舞，北疆瑞雪兆。
千载龙花会，百年岁春抱。
国泰业昌兴，民安星光道。

（2019.2.4 午）

除夕（古风）

新桃换旧符，辞岁又接福。
张灯又结彩，拜神又祭祖。
爆竹惊天地，礼花当空舞。
祈求风调顺，年丰收五谷。
家族团圆会，谈今又论古。
举樽尽欢颜，轻歌又曼舞。
晚辈拜前尊，童叟穿新服。
莫忘桑梓情，访寒又问苦。
赏灯逛商街，美景如画图。
网络传贺语，微信送安福。
家家喜盈门，人人康乐福。
紫气满乾坤，祥光普东土。

（2019.2.5 晚）

盛夏有感和随善同志

细雨甚绵长，悄然入梦香。
醒来春已去，剩有小荷芳。

（2019.8.2 午）

陪游山海关感怀

渝关燕岭南，倭寇胆心寒。
铁马金戈守，精兵悍将严。
威风擎浩月，盛气逐烽烟。
喋血春秋史，燕山枫似丹。

（2020.9.27）

中秋抒怀

中秋皓月明，国庆正风清。
单日双节庆，九州集众诚。
并肩随浪走，携手踏歌行。
岁岁风调顺，年年享太平。

（2020.10.1）

惜别

月下柳施荫，金风低诵吟。
回眸思往事，转首话当今。
初见稍嫌晚，频来倍感亲。
日深增友谊，惜别泪满襟。

（2020.10.2）

晚秋

风剪柳梢头，霜欺白鹭洲。
枫红先报信，果重早催收。
稻浪叠波去，田畦香气留。
遥观如画景，欣喜大丰收。

（2020.10.10）

读偶感

一阵劲风狂，满城落叶黄。
白头稀更短，外课密犹长。
不晓原因故，何知为事忙。
督学如有意，提早改弦张。

（2020.10.18）

秋夜伤怀

轩窗结冷霜，日短夜偏长。
不见金丝影，惟飘稻谷香。
落英旋巷道，乌鹊宿孤杨。
公务天天有，卓君日日忙。

（2020.10.24）

深秋思语

风和秋气爽，昼短夜时长。
冬令安防紧，禾田收获忙。
菜蔬丝叶绿，稻谷粒珠黄。
心境因由美，焉能不放狂。

（2020.10.26）

秋晨

金菊落魄早，皆为冻霜欺。
府院山丁旺，街衢人影稀。
兔爷寻草卧，鸿雁掠空啼。
病去秋潮涌，登高好诵诗。

（2020.10.30）

同学会

健晟火锅红，屋屋桌不空。
天天生意火，日日酒香浓。
宾客开怀饮，员生屈体弓。
夜深人见少，切莫忘学童。

（2020.11.8）

冬晨雪乡

昨夜玉花零，今晨冰雪莹。
云空飞信客，天使寄深情。
原野风含笑，兰河水化冰。
苍山松柏秀，幽谷野鸡鸣。

（2020.11.10）

月下思

人生多苦短，友谊似天长。
练笔需勤奋，用时不用忙。

无题

出水芙蓉花，娇容身段佳。
若知含蓄美，且看著柔纱。

夏日晨景

岸边杨柳青，田里机声隆。
池内鲢鱼美，水中荷蕊红。

（2019.6.17）

悼屈原

秦军破楚都，心似刀割伤。
绝笔汨罗泪，屈原已断肠。

其二

平民抛粽子，医者倒雄黄。
艾叶包装裹，君魂归故乡。

其三

龙舟腾细浪，艾叶送吉祥。
一盏雄黄酒，分明寓意长。

其四

思乡归故里，何处诉衷肠？
万古千秋后，后人犹感伤。

（2019.6.8 午）

黄昏颂

吟咏抒心志，填词修硬功。
打拳又练武，绘画也描红。
破晓闻鸡舞，黄昏徒步行。
夕阳无限好，潇洒自从容。

（2019.6.1 晚）

思进

红日映窗前，激情似浪掀。
今朝歧路远，待到霞满天。

冬夜思

雪花款款飞，枯草泪滴垂。
彻骨寒风冷，相思暖气吹。
茗茶多品味，阔论少生非。
世事勤思考，人生莫自卑。

（2020.1.7）

晚情

新春无挚友，秋暮遇新知。
何故相识晚，只因缘分迟。
倘如桃李遇，定可梦梅时。
但愿人长久，休折杨柳枝。

（2020.2.1）

茅庐

四周干打垒，顶上少藤茅。
冬日呛风雪，夏天落雨潮。

其二

严冬寒彻骨，夏季怕蚊叮。
知己常光顾，亲人更重情。

其三

翰墨抒情感，丹青绘彩云。
畅游“开心岛”，醉饮“龙江春”。

（2020.3.7）

寒夜

长街清静静，惟见雪花飘。
月冷萧萧瑟，何时涌碧涛？

（2020.3.7）

春满绿之源

举目观堤柳，回眸看睡莲。
廊前归燕舞，亭畔彩蝶翩。
碧草街边绿，丁香篱外鲜。
食材医百病，佳酿养朱颜。

（2020.3.27）

咏兰花

日暖惠兰香，空清修叶长。
春归别劲草，秋去斗寒霜。
纯净脱俗美，高洁淡雅芳。
天生姿色好，不肯伴君皇。

咏梨花

春寒驭梦归，料峭吐芳菲。
花艳如白雪，光鲜同日辉。
仙姿风韵美，丰彩气宏恢。
逝水无痕去，年华转瞬飞。

（2020.4.15）

春游

雾散昊空明，风吹沃野青。
河边飞紫燕，堤上落黄莺。
湖畔枝条秀，街旁舞步轻。
时时寻趣乐，日日总关情。

（2020.4.16）

晨雾

旭日未曾出，都城靓丽殊。
清风拂晓旭，薄雾隐云图。
不见楼台影，独闻燕雀呼。
天灰如淡墨，心绪好单孤。

（2020.4.16）

雨静思

古有马伯乐，今无信陵君。
禾田人语响，曲径雀歌吟。
日暖春潮起，风吹万物新。
时时当奋进，切莫负光阴。

（2020.4.19）

大雪
——惊闻鹤城突降一整日大雪感怀

大雪落齐原，梨花天地连。
平畴披玉锦，山岳换银衫。
丹鹤迎风舞，新苗入棚眠。
云开红日暖，沃野展新颜。

（2020.4.20）

春韵

六河生气浓，九岸景观重。
旷野耕潮涌，平畴春意融。
和风拂秀面，玉露润芳容。
飞燕衔泥俏，青山映日红。

（2020.5.7）

乡韵

南山白鹭飞，北岭画眉翔。
东岗除田草，西塘插稻秧。
风吹禾浪涌，雨过柳丝长。

夏至百花艳，秋来五谷香。

（2020.5.22）

归途感怀

日朗青山近，风轻绿叶稠。
黄莺枝上唱，灰鹤水中游。
沃野禾苗壮，平畴稻谷收。
风情无限好，早早细思筹。

（2020.6.8）

走访贫困户感怀

朔风吹叶落，冬至雪花迟。
车辆街行缓，行人步履驰。
西湖观圣景，东岭拜尊师。
济困逢乡友，扶贫遇故知。

（2020.11.24）

谁能解尔愁

松嫩朔风吼，车驰何所求？
下村入户走，疵病眼中收。

其二

扶贫形势紧，将士俱烦忧。
方寸如丝乱，人人锁眉头。

其三

不冲“大考”关，昼夜不能休。
皓月长空走，屋中正统筹。

（2020.11.29 晚）

闲情雅致

风劲啼鸦噪，梨花降碧空。
巷深人酒醉，街阔鸟朦胧。
寒鹊登银树，飞鸽绕玉峰。
无人知所欲，心畅练文功。

（2020.12.8）

望远

街道天骄女，标格众不同。
心胸怀远志，气宇贯长虹。

其二

黎明刀剑舞，入夜美颜容。
水美荷塘碧，人勤五谷丰。

其三

寻常虽质朴，偶尔露峥嵘。
日丽山川秀，风和事业彤。

其四

时来运自通，才女悟真功。
待到开云雾，风清天亦晴。

（2020.6.29）

互勉

鸡鸣三次起，身倦五更眠。
岁月去如水，光阴飞似烟。
抬头观北斗，举目望南山。
携手征途进，同舟齐向前。

（2020.6.29）

荷花

根系水中藏，身披绿色装。
唇涂脂粉淡，蕊吐芙蕖香。
靓体浣纱丽，嫣容沐浴妆。
风拂形窈窕，游客忘归乡。

（2020.7.3）

书怀

河畔青青草，荣枯信主张。
根植黑土地，饥渴有食粮。

其二

人在红尘走，心中仁爱装。
疯狂毒辣者，迟早见阎王。

（2020.7.3）

情真意长

扫黑歼灭战，昼夜不休忙。
猎猎旌旗奋，恶人心胆凉。

其二

不晓缘何故，人杰遭祸殃。
多方了解后，底事便周详。

其三

脚正无邪路，身直影子长。
忧兄心切切，但愿早还乡。

其四

知晓希文至，心中喜若狂。
车驰绥化路，一路洒阳光。

其五

桥路催声紧，工人昼夜忙。
人生秋几度，友谊似天长。

（2020.7.19）

杂谈

思念苦中甜，拥香抱枕眠。
幽思犹寄梦，牵挂藕丝连。

（2020.8.7）

秋夜

日落黄昏近，天清浩月明。
酒香游客醉，夜半丽人行。

（2020.8.8）

游园

曲径游人涌，河塘菡萏红。
白天闻燕雀，夜晚现霓虹。
酒兴欢声起，言欢盛意浓。
登高抒远志，翘盼九州同。

（2020.8.8）

游人民公园

莺歌蜂蝶舞，水美荷花鲜。
瀑布凌空落，金鱼池里欢。

其二

秋燕入云天，山鹰树上眠。
俊男堤岸坐，靓女柳丝牵。

其三

亭楼京鼓响，林内舞翩跹。
游客心神爽，人人绽笑颜。

（2020.8.13）

《秋雨》并和梦回兰若诗友

淅淅落故楼，沥沥锁乡愁。
蝶染丹青色，蜂飞笔墨留。
湿身寒意透，落地雨痕收。
欲绘嫣红色，孤帆天际游。

（2020.8.23）

七夕

今又逢七夕，天空飞鹊集。
云桥功力费，牛女泪痕滴。
世上黎民醉，琅嬛仙子迷。
两情痴恋久，何憾聚无期。

（2020.8.25）

历史不会忘记

日寇如魔鬼，心黑手段残。
烧杀和抢掠，百姓忍熬煎。

其二

抗日烽烟起，倭奴心胆寒。
挥刀屠孽畜，血战太行山。

其三

黄浦杀声震，三湘战犹酣。
豺狼气焰灭，将士凯歌还。

（2020.9.3）

雨夜

秋来烟雨稠，飞燕舞金瓯。
洪水淹田野，农民望地愁。
观云唯慨叹，合掌向天求。
不盼四时发，唯期五谷收。

（2020.9.4）

秋静思

孙儿伴乐眠，妻妹噤声言。
窗外风兼雨，厅中并蒂莲。

黄昏同事乐，午后幼孙欢。
但愿福长久，安康到百年。

（2020.9.19）

铭记

三江龙首抬，九域聚英才。
耻辱铭心志，强军济世怀。
迢迢飞浩宇，步步上阶台。
秋美山川秀，丁香遍地开。

（2020.9.18）

“亚洲文明对话会”感怀（古风）

亚洲文明史，上下五千年。
博大又精深，恢弘又灿烂。

其二

宁静“圣淘沙”，雨林白鹤滩。
幽深城堡古，三面峭崖悬。

其三

卢克索神庙，撒马尔古罕。
友朋天下来，一带一路连。

其四

命运共同体，万众尽欢颜。
各国演艺家，亮相“鸟巢”馆。

其五

共同求进步，取长又补短。
尊重平等待，开放包容欢。

其六

文明对话会，意义非同凡。
亲仁善邻友，协和万邦全。

其七

革故鼎力新，道法当自然。
天一合一颂，生存互鉴言。

其八

“文明论道”美，“视听盛宴”鲜。
共谋图存路，同建“伊甸园”。

其九

文明对话好，亚太大联欢。
与时同俱进，开启新征篇。

听王元庆教授讲授后感怀

三期大讲堂，字字暖心房。
教授学识广，真知介绍详。

其二

回首思前事，不曾属意徨。
为解黎民苦，何畏说短长？

其三

自晓夕阳晚，扬鞭分外忙。
不求名利事，余韵也放光。

（2019.5.7 午）

壮哉，林俊德

死海罗布泊，鞠躬林俊德。
埋名五十载，矢志为研核。

其二

黄沙飞满天，夜夜和衣眠。
生命虽垂危，仍旧搞科研。

其三

时代大功臣，行为忒感人。
精神永不落，事迹动乾坤。

（2019.5.14 下午）

北疆春景图

日朗众山青，风和柳叶明。
孩童飞键舞，老叟抖鞭行。
黑犬河边卧，黄莺树上鸣。
春耕人抢早，节气不容情。

（2022.4.10）

壬寅春思

柳影画中留，雏鸭河上游。
月桥牵两岸，河畔泊孤舟。
恋景缘时现，浓情梦未休。
聆听渔暮曲，祈盼共白头。

（2022.4.14）

归乡思

林中山雀啼，堤上落英飞。
不到红河谷，怎知壮士归。

（2022.5.3）

归途（古风）

踏上故乡土地，心情如此惬意。
回首七日学习，丰满鹏程羽翼。

（2018.11.2）

祖国颂（古风）

俯瞰神州大地，环眸锦绣山河。
龙江松嫩丰裕，昆仑兴安巍峨。
到处诗情画意，遍地英雄颂歌。

其二

南始西沙群岛，北至边贸黑河。
西起帕米高原，东到开放宁波。
到处诗情画意，遍地英雄颂歌。

其三

核弹爆炸成功，火箭神游天河。
对外开放起步，八五目标突破。
到处诗情画意，遍地英雄颂歌。

（1992.1.8）

迎新年

红灯楼上悬，庭院主宾欢。
拱手施节礼，促膝叙世缘。
前堂挥笔墨，后室绘蓝图。

米酒三旬醉，香拥午夜甜。

（2022年元旦）

端午节抒怀

楚天怀俊郎，汨水念忠良。
平野鲜花艳，河川粽子香。
奸臣玩伎俩，贤士恨忧伤。
伟绩黎民颂，丰功史册藏。

（2022.6.3）

二月二

二月蛰龙抬起头，村村寨寨始绸缪。
囤肥购种农时抢，整地育秧节气求。
攘攘眠虫惊宿梦，纷纷化蝶舞枝头。
风调雨顺民心愿，五谷丰登塞满楼。

（2019.3.8早）

春雪

瑞雪随心濯碧空，群山素裹露峥嵘。
清歌素韵归松海，玉柏银杉迷影踪。
万物萌发酣梦里，孤鹰环绕麓林中。
龙腾虎跃春光好，富裕花开朵朵红。

（2019.3.13 早）

鼠年除夕

四海龙腾辞旧岁，五洲虎跃贺新年。
张灯结彩霓虹闪，喜地欢天鼓乐喧。

庚子初始感赋

居家懒散度良宵，闭户闲居几暮朝?
赏月临轩心欲往，铺萱泼墨笔难描。
胸怀仁爱医疾患，手握吴钩斩孽妖。
待到春风吹大地，再燃烛火向天烧。

（2020.2.11）

盛世欢歌

东风送暖鸟欢歌，两会召开喜事多。
代表畅谈天下事，委员高论富民说。
京城曙色风剪柳，华夏新潮浪逐波。
且看神州花竞放，阳春一曲唱和谐。

（2019.3.13 午）

贺两会圆满落幕

春光明媚百花鲜，盛世中华旭日悬。
共绘蓝图谋大计，同描美景谱新篇。
正风肃纪吹号角，富国强军奏凯旋。
并驾齐驱勤砥砺，扬鞭跃马跨征鞍。

（2019.3.15 午）

人生感怀

时光荏苒感蹉跎，稍纵倏忽叹奈何。
似水流年青叶少，如沙岁月旅痕多。
静听风雨身心爽，闲看云烟思绪活。
挥手匆匆行渐远，回眸过往烂斧柯。

其二

秋风挟叶夕阳里，落入尘埃化彩蝶。
谢尽繁华生寂寞，流完逝水感嗟哦。
青葱岁月应发奋，皓首光阴莫蹉跎。
且趁英年宜勠力，登高望远向天歌。

（2019.3.19 早）

注：烂斧柯，晋代有个名叫王质的樵夫，一天上山砍柴走进一处石室中，看见两个老人正坐在里面下围棋，就走上前立在一旁观看。老人给他一枚状如枣核的东西，含在嘴里便不觉得饥渴。一局还没下完，王质回头一看，发现砍柴用的斧柄已经烂了。王质赶紧下山回家，谁知家中面目全非，原先的父老乡亲早已不在人世。这个故事说明时间过得快。

春满人间

日丽风和天朗朗，山青水秀郁葱葱。
花红柳绿春光美，草长莺飞香气浓。
少女采菱情切切，老翁垂钓乐融融。
人欢马跃机声响，国泰民安享太平。

（2019.3.19 午）

无题

独坐楼中夜已深，临轩盼友望归云。
手机做伴情何寄？诗酒相依意自真。
鬓发斑斑垂耳畔，泪珠点点落胸襟。
风烛渐近方知悟，调整前非度此生。

（2019.3.19 晚）

注：轩，指窗户。

春

杏雨和风景色优，约来挚友去春游。
花明柳暗浮云走，燕语莺啼溪水流。
绿女红男调鼓瑟，衰翁老妪放歌喉。
扁舟出没微波里，踏上归程兴未休。

（2019.3.20 午）

春分

草长莺啼紫燕归，山间芳草渐葳蕤。
池塘银鲤游春水，田野声声唱子规。

（2019.3.21 早）

注：葳蕤，草木茂盛的样子。

乡恋

浩渺烟波鸡犬闻，花前月下落英纷。
瓜田倚树斟梅酒，竹舍茅屋醉恋人。

（2019.3.21 晚）

同事小聚偶感

磨磨叽叽忆古今，孤孤寂寂座中吟。
清清楚楚知心语，絮絮叨叨记尚新。

（2019.3.21 晚）

和喜景贤兄七律《春分》

夜半风吹送瑞寒，天公抖擞更何堪？
巍峨松嫩银装裹，广阔兴安落玉盘。
嵌雪苍松针叶俏，归航鸿雁羽翎鲜。
良田千顷凭雨润，只待高歌唱凯旋。

（2019.3.22 晚）

雪后

长空日朗掠白云，薄雾萦林闻鸟吟
昨夜琼蝶施粉黛，今晨大地换颜新。

（2019.3.13 午）

夫妻共勉

并驾齐驱风雨舟，相濡以沫到白头。
齐眉举案身心暖，钟爱一生无所求。

（2019.3.25 晚）

示儿

时光荏苒去如梭，珍视芳年莫负托。
兰草幽香终有限，韶华似水岂蹉跎。

其二

久有凌云攀桂志，厚德载物淡名泊。
博学砥砺磨心智，更向长天发浩歌。

其三

谦和友爱且勤学，穷不卑躬富不奢。
坦荡无私天地阔，乐观笃志益多多。

（2019.3.27 午）

喜满乾坤

山川秀美碧蓝蓝，草长莺飞绿满川。
河蒲如濯云淡淡，晴空似洗水潺潺。
清查贫户人心暖，走访农家情意甜。
富裕花开香万里，生活一年胜一年。

（2019.4.2 早）

悼凉山三十英烈

血洒凉山泪满腮，三十烈士赴泉台。
群山肃穆皆呜咽，松柏低重共缅怀。
耿耿丹心昭日月，铮铮铁骨印苍苔。
英雄业绩存青史，浇灌鲜花朵朵开。

（2019.4.3 早）

读《清明节来历》感怀

当年重耳叹悲催，逃窜途中力渐微。
介子割肌汤慢煮，晋公食肉气初恢。
惊闻点点悲言咽，感动涟涟啼泪飞。
蛟龙入水安天下，封赏群臣少子推。

其二

介生避世绵山隐，御驾亲临请子推。
纵火逼催人北蹿，焚林导致鹤西归。
文公悲悯登山祭，老柳复活生力恢。
勒令清明前两日，寒食权作树丰碑。

（2019.4.4 早）

桂七芒

桂七特产誉八方，核小肉多浓郁香。
营养丰盈滑又嫩，清甜可口味绵长。

（2019.3.29 午）

痛悼杨靖宇烈士

——杜雨馆长发在朋友圈的一条微信后有感

青年弃笔去从戎，鄂豫皖苏立战功。
联络工农齐勠力，关东煤矿展雄风。

其二

只身东北抗倭寇，雪地冰天志似松。
日伪不安惶惑日，任其围困万千重。

其三

叛徒告密陷重围，稳似高山不可摧。
敌我周旋五昼夜，流倾热血铸丰碑。

其四

威逼利诱俱成空，耿耿丹心赤胆忠。
残忍倭奴何太狠？割头剖腹对英雄。

其五

白山黑水声声唤，林海雪原达子红。
高耸丰碑擎大厦，千秋万代颂尊公。

（2019.4.11 下午）

早市

熙熙攘攘涌如潮，晓旭轻摇杨柳梢。
绿女红男接踵至，人来人往卖声高。

其二

鱼虾河蟹牛羊肉，茄子黄瓜水蜜桃。
桑葚菠萝红富士，蘑菇苦苣野茼蒿。

其三

山珍海味迷人眼，烧烤熟食香气飘。
远眺黄莺头上舞，繁荣早市卷春潮。

（2019.4.11 早）

我的自白

京都之旅急匆匆，辗转奔波寻觅中。
久闻大名终悟面，谦虚和蔼见尊容。

其二

为人谦逊不居功，学富五车气度宏。
拜谒恩师吾所愿，欣然接受乐融融。

其三

凝神充电为龙腾，效法囊萤映雪功。
不负此行学业满，谆谆教诲记心中。

其四

砥砺前行莫忘行，绝非钓誉慕虚荣。

人生苦短当珍视，勤政为民尽瘁躬。

（2019.4.16 午）

赠言信贤兄

南下京畿结信兄，慈眉善目印堂红。
随和谦让友情重，厚积薄发事顺通。

其二

紫薇高照人丁旺，事业辉煌家业隆。
树大根深枝叶茂，顺风顺水度人生。

其三

一见相知皆恨晚，桃园结义史留名。
别时约定重逢日，开满荷塘侯信公。

（2019.4.17 早）

读清心《你是一朵木兰花》感怀

你是洁白一朵花，清新雅丽素无华。
茫茫人海能携手，相伴朝霞与晚霞。

其二

连理结成并蒂花，相濡以沫度芳华。
朝夕挽手夕阳下，耄耋之年犹念她。

其三

岁月轮回天地转，沧桑两鬓落霜花。
世俗路上情难了，携手黄昏感岁华。

（2019.4.19 早）

悼邓世昌

硝烟弥漫浪花飞，面对强敌不自卑。
弹尽粮绝刀斧砍，身先士卒令旗挥。
誓和倭寇搏生死，宁带同胞啼血归。
青史留名千古颂，继承遗志唤君回。

（2019.4.21）

无题

少小潜心图自强，甘当砥柱做桥梁。
吟诗夜半激情涌，作赋清晨喜乐狂。
秀水流波织锦绣，青山为幛颂华章。
中华崛起国昌盛，后继充盈路远长。

（2019.5.10）

庆贺海军成立七十周年

七十华诞盛空前，海上官兵展笑颜。
战舰艘艘白浪涌，银鹰列列彩云翻。
从无到有军情奋，由弱变强敌胆寒。
笃志图强圆国梦，海疆万里保安全。

（2019.4.23 下午）

母亲

深居陋室为儿孙，久付辛劳度赤贫。
饱受春秋劳碌苦，历经岁月品德馨。
持家节俭助亲友，心地善良帮比邻。
慈母贤淑人敬仰，恩情似海无与伦。

（2019.5.12 午）

春播

春风和煦鸟欢歌，细雨濛濛润稻禾。
农妇山间织锦缎，村姑田里绣绫罗。
株株柳绿植深壑，簇簇桃红栽满坡。
众手绘出新愿景，丰收喜悦泪滂沱。

（2019.5.14 午）

无题

春播方晓地前移，水稻播秧节令急。
快慢无人谁过问？气晕惹恼宋婆姨。

（2019.5.18 晚）

为诗词群点赞

文联巨擘喜搭桥，墨客文人汇赤潮。
笔走龙蛇抒往事，挥毫泼墨颂今朝。
楚辞汉赋勤吟咏，宋韵唐风细描绘。
佳作名流争比翼，鸿篇巨著似波涛。

（2019.5.18 午）

自勉

人生如梦饱风霜，荣辱悲欢胸内装。
职位尊卑无所畏，初心使命有担当。
闲来无事勤工笔，工作之余研宋唐。
沧海泛波抒壮志，青山作画诉衷肠。

（2019.5.21 早）

初夏

天暖风轻地气升，松青柏翠正欣荣。
蜂飞蝶舞争芳蕊，平川丘野竞香浓。
良田万顷吐新绿，沟壑千重飞暗红。
满目苍山斜照里，夕阳西下牧笛声。

（2019.5.23 下午）

小城晨景

落英片片眼中收，杨柳依依曲乐悠。
莺雀喧嚣飞殿宇，浮尘息止落街头。
近观红蝶追芳蕊，远望学童入大楼。
广场研习太极剑，西湖歌舞竞轻柔。

（2019.5.24 午）

致莘莘学子

咿呀学语启新说，练步蹒跚历练多。
苦度寒窗休气馁，勤攀峻岭莫消磨。
登山望远须发奋，学海泛舟当密锣。
金榜题名应纵酒，孙山之后泪婆娑。

（2019.5.27 晚）

游杜甫草堂有感

适逢战乱举家迁，小住蓉城草木间。
忧国忧民忧社稷，吟风吟月吟诗篇。
文人墨客常光顾，故友亲朋总照看。
青史留名千古颂，唯遗巨著在人间。

初夏

夕阳初夏洒余晖，田埂堤边暖意吹。
山色湖光相映美，呼兰河里鲤鱼肥。

（2019.5.28 晚）

夏晨

天高云淡暖风吹，朗朗晴空鸿雁飞。
学府楼前学子舞，西湖园里映朝晖。

（2019.5.29 早）

五大连池之行

（一）石海

地质公园一景观，黑山醉卧两池间。
方圆三百零三里，一望无垠墨浪掀。

（二）药泉山

药泉之水在池边，入口凉清润脾间。
久饮便能医百病，胜于扁鹊降人寰。

（三）火山口

万古喷发万古凝，而今再见冷清清。
赤流滚滚八千丈，百鸟哀鸣百兽惊。

（四）石海动物园

分明上帝赐神工，细刻精雕各不同。
恰似骆驼蹚墨海，鸳鸯戏水乐其中。

北京之行

风雨兼程去北京，动车大客未消停。
狂奔一日三千里，只为胞兄手足情。

承德之夜

承德之夜彩灯明，不见长街凡客行。
待到柳青杨叶茂，上仙次第逛花庭。

赠道奇女士

许是道奇不解情，爱儿高考吾南行。
问君可晓因何故，只怕胞兄受侮凌。

其二

为救胞兄身负债，时值今日未还清。
躬身求助八方友，霜鬓皆因骨肉情。

思念

小车南下至秦家，荡起秋波心有涯。
望断兰河思旧事，眼中闪烁念君花。

期盼

孔雀南飞不再还，魔窟二马毁才贤。
何当赐我倚天剑，斩尽妖邪莫等闲。

贵州行

招商问路到茅台，夜至朝辞雾霭来。
把酒当歌情切切，主人好客暖心怀。

夜宵

午夜贵阳鸣气笛，大街小巷客云集。
推杯换盏人声沸，盛世讴歌盛世诗。

无题

怕君寂寞怕君忧，犹怕君伤泪水流。
互助互帮惜友爱，天长地久到白头。

东方明珠

明珠璀璨眼中收，黄浦江边江水流。
今日浦东新气象，自由贸易冠全球。

悼赵亮贤弟

惊闻贤弟鹤西归，霹雳惊天涕泪飞。
裂肺撕心肠已断，昼思夜唤几回回。

思君

时至清明鸿雁归，江河呜咽泪纷飞。
朝思暮想连天日，梦唤袁君盼不回。

无题

雨过天晴莫赋愁，风消树静彩云悠。
克音河里洪波涌，两岸禾田荡小舟。

无题

大雨倾盆不肯歇，横流浊水满衢街。
小车旅客无踪影，广告依然杆上贴。

无题

小暑依然风雨稠，轻车急驾未停留。
乡村美味香十里，农户琼浆醉百州。
万亩良田收眼底，千只紫燕立滩头。
喜逢好友津双下，把酒当歌乐不休。

心愿

初冬时节寒流袭，遥望南天思念急。
夜半乘车君可晓？街头风冷要添衣。

（2018.11.2）

团聚

冰冷站台人影稀，夫妻相见泪频滴。
分说七日离别苦，地作温床天作衣。

（2018.11.2）

无题

鹅毛片片落楼台，東阁闲亭瑞雪埋。
玉树琼枝花万朵，天公何日赐英才？

（2018.11.9 晨）

风雨中

交警执勤风雨中，交通疏导甚从容。
威风凛凛亭前站，寒气袭人不放松。

（2018.11.9 午）

无题

璀璨街灯映碧空，楼中俯视似长龙。
孙儿夜学归来早，泼墨挥毫练硬功。

（2018.11.11）

无题

路滑踉跄怨天寒，越是艰险越向前。
跌倒摔伤均不怕，要留浩气在人间。

（2018.11.12 下午）

无题

古稀皓首喜冬阳，两两三三晨练忙。
踢腿弯腰神韵爽，舞枪弄棒气轩昂。

轻吟漫咏元明曲，泼墨挥毫诗宋唐。
工笔浓描歌盛世，休闲娱乐福绵长。

（2018.11.17 早）

鸿燕南飞

翁妪双双不等闲，秋冬时节别家园。
不图养眼赏风景，只为修身避冷寒。
望海楼中观浪涌，椰林丛里听鸣蝉。
三沙宝岛云托月，五指山头百鸟喧。

（2018.11.20）

念儿

可晓家中慈母心？思儿心切泪沾巾。
盼着周末能南下，乘车百里见亲人。

（2018.11.23 下午）

我爱中华

松花江畔雪冰封，五指山间花正红。
东海之滨波浪阔，楼兰古堡虎狼空。
开发南海传捷报，挺立潮头立大功。
万里江天如画美，神州处处百花红。

（2018.11.24 早）

乐

气温回暖喜千家，童叟妪囡盼赏花。
闪闪银光托晓雾，皑皑积雪映朝霞。
苍松翠柏着白羽，玉宇琼楼披素纱。
泼墨挥毫歌盛世，翩翩起舞颂中华。

（2018.11.27 午）

无题

一花独放百花杀，万里霜天飞彩霞。
红都拉山着锦束，克音河畔披柔纱。
民族村寨风情美，特色庄园气宇华。
联社初米香十里，兰河圣水有鱼虾。

（2018.11.28 晚）

寒梅

纷纷瑞雪迓春归，千里冰封鸟不飞。
塞北隆冬花已谢，寒梅依旧吐芳菲。

（2018.11.25 晨）

无题

图书馆内喜洋洋，诗友云集在课堂。
吟长远山亲授课，诗词格律讲周祥。

其二

雨润禾苗沐晓阳，春风送暖万花香。
百年邮储福音至，盛世北林当自强。

（2018.12.3）

呼兰河

穿越平原款款流，兴安脚下起源头。
三河交汇生鱼蟹，两岸逶迤牧马牛。
燕语莺歌花簇簇，桃红柳绿鸟啾啾。

生活富庶民安乐，万众欢颜挥彩绸。

（2018.12.7）

六河九岸是吾家

六河九岸是吾家，美丽富饶我爱它。
沃野茫茫翻稻浪，兰河滚滚有鱼虾。
良田广袤生包谷，峻岭绵延映彩霞。
展望明朝花似锦，生活富裕众人夸。

（2018.12.8）

冬

冬日艳阳映碧空，茫茫原野舞银龙。
西风凋落梨花面，雪地冰天梅正红。

（2018.12.11）

题

夕阳西下晚霞红，袅袅炊烟上碧空。
水畔田间蛙影散，松花江里有鱼踪。

（2018.12.4）

复兴

塞北江南暖气吹，长城内外斗芳菲。
钱塘潮涌松花唱，秦岭崛峨沃野肥。

其二

一带一路复兴梦，古道丝绸西域飞。
华夏腾飞应有日，江天万里尽朝晖。

（2018.12.16）

晨练

冬日凌晨练内功，弯弯明月正当空。
挥毫泼墨书情志，气也畅来血也通。

其二

严冬晨起练真功，笔走龙蛇宣纸中。
不改初心因夙愿，纵然皓首也从容。

其三

严冬晨起练心功，万丈豪情书大同。
帆正风轻应勠力，神清潇洒气如虹。

（2018.12.17）

冬夜

月冷星稀眼底收，霓虹璀璨映宅楼。
去冬美景今又见，几家欢乐几家愁。

（2018.12.18）

广场

人海如潮挥彩绸，乐声悠远放歌喉。
地书场上人才聚，舞蹈秧歌跳不休。

商区夜景

中段中兴商店多，琳琅满目不暇接。
金光闪闪因珠宝，五彩缤纷织锦罗。

冬至

冬阳不见朔风严，冬至初临方觉寒。
楼阁亭台披瑞雪，琼花片片始临凡。

其二

沃野银花落玉滩，芳梅傲放露娇颜。
尘霾不再凌空舞，瑞雪纷飞迎大年。

（2018.12.21 午）

读鸿鹄诗有感

星移斗转奈如何，荏苒时光一首歌。
昔日无人功绩问，今朝唯我间阎说。
律绝词曲标格劲，翰墨丹青功力磨。
蜚语流言浑不怕，凛然正气斩妖魔。

（2019.1.3 午）

喜报

孙女欣闻来我家，眉飞色舞乐开花。
贤妻催促超市去，还不骑车磨蹭啥？

（2019.1.3 晚）

涛声依旧

日落日出又一天，星移斗转等闲间。
阴晴圆缺归天象，雨雪风霜属自然。
繁衍生息因续世，春华秋实为饥寒。
花开花落寻常事，勘破红尘心即宽。

（2019.1.6 早）

游子归

美酒珍馐桌上堆，一杯入腹对瓶吹。
激情豪饮因何故，游子迁延海外归。
酒过三巡知味美，情发五内吐心扉。
身居他国思邻友，踏上家园泪雨飞。

（2019.1.13 晨）

暮霾

沉沉雾霭暮城中，车辆游人接踵行。
环望长街冬夜景，楼昏灯暗月朦胧。

（2019.1.14 晨）

其乐赋

晨练闻鸡起舞忙，挑灯夜战更图强。
苦中作乐调新韵，忙里偷闲赋浅章。
笔墨常挥勤犹劲，诗书做伴苦也香。
经典传承当重任，文明浩气自飞扬。

（2019.1.16 午）

无题

辞旧迎新笔墨香，文朋诗友话沧桑。
老当益壮雄心在，何惧鬓发染白霜。

其二

痴心不改童心愿，文海扬帆去远航。
齐力同谱协奏曲，长歌国运更隆昌。

（2019.1.22 早）

《夕阳站春节联欢会》有感（古风）

《唢呐声声》鼓乐喧，《节日快乐》开序篇。
《鸿雁》传书有新意，《高山流水》曲悠绵。
《南泥湾》上《映山红》，《不忘初心》舞蹁跹。
《梁祝》《望月》《二进宫》，《反腐倡廉》重任担。
双人舞蹈庆《吉祥》，《爵士舞》步展囡颜。
金猪闹春春色美，歌舞迎春春满园。

（2019.1.23 下午）

送一代宗师叶企孙

少小离家满载归，痴心不改鬓毛垂。
为圆科技强国梦，放弃高薪绽笑眉。

其二

栽培院士七十五，两弹元勋立国威。
德艺双馨青史载，功勋卓著日同辉。

（2019.1.26 晨）

大美作协诗词群

加入作协益处多，成员频创好诗歌。
披星戴月书情志，废寝忘食写意活。
字字词词勤计议，章章节节苦斟酌。
北林文苑开新景，全赖尊师细点拨。

（2019.1.30 晚）

赠亲家贤弟

贤弟生辰兄亦急，手头工作不能离。
诚希谅解拳拳意，祝尔安康福禄吉。

（2019.1.31 晚）

除夕夜

霓虹璀璨小城中，古镇百年与众同。
爆竹声声惊浩宇，礼花簇簇映长空。
金猪款款迎新岁，玉犬汪汪辞旧踪。
万户千家团聚会，群仙下界睹芳容。

（2019.2.5 凌晨）

辞旧迎新

万家团聚笑颜开，对酒狂欢喜满怀。
喜气盈门辞旧岁，踏歌起舞闹楼宅。

其二

东升紫气曈曈日，五福临门财运来。
财富咸丰民自乐，欣逢盛世喜盈怀。

（2019.2.5 晚）

新年祝词

——有感于网络留言

民安顺治时时好，国泰康熙月月强。
事业乾隆当奋进，乾坤雍正定辉煌。
前途嘉庆呈朝露，万事道光沐晓阳。
内外咸丰皆胜意，兼施同治尽康强。

（2019.2.5 午夜）

浩月当歌

冬旅海南别众亲，孤栖何处觅知音。
萦怀亲友愁盈袖，遥望家山泪满襟。
身在异乡思故土，梦回桑梓恋伊人。
今宵椰岛融融夜，浩月当歌共举樽。

（2019.2.13 午）

欢歌

晴空万里煦风吹，玉树琼阁沐晓晖。
笔走龙蛇追幻梦，欢声笑语举金杯。
回肠荡气随推进，摄魄钩魂信鼓吹。
把酒高歌情切切，倾听厚谊泪纷飞。

（2019.2.16 午）

欢聚

元月初十柳尚黄，古稀翁妪沐春阳。
祥和街巷车来往，热闹餐厅宾客忙。
高举金樽思旧事，频尝玉液话衷肠。
浅吟低唱抒心志，醉酒欢歌舞且狂。

（2019.2.16 早）

祈福

玉阁琼楼紫气升，霓虹璀璨巨龙腾。
层峦回暖春潮涌，雨顺风调好备耕。

（2019.2.17 早）

春满人间

冰雪消融无影踪，和风拂煦展新容。
南来紫燕呢喃曲，杨柳依依春意浓。

其二

花香鸟语伴和风，马跃人欢其乐融。
水秀山青春正美，街头巷尾绽花红。

（2019.2.17 午）

春归

和风缓缓扫残冬，驱散寒流冰雪融。
且等长空归北雁，吹开原野杏花红。

（2019.2.17 午）

呼伦贝尔大草原

呼伦贝尔野花鲜，暖意融融大草原。
细雨蒙蒙滋大地，溪流滚滚水潺潺。

其二

亭亭白桦碧枝繁，贝尔湖边隐杜鹃。
万马奔腾牛羊跑，唯凭盛夏听鸣蝉。

其三

白云朵朵衬蓝天，一望无垠大草原。
油菜花开游客醉，长虹雨后映沧田。

其四

呼伦贝尔胜桃源，气爽秋高雁向南。
牛马成群肥又壮，毡房缕缕冒炊烟。

其五

绚丽朝霞腾紫雾，根河两岸吐姿颜。
呼伦贝尔风光美，阵阵微风吹面寒。

其六

玉洁冰清展素颜，雾凇满目忘留连。
那达盛会凝心力，曼舞轻歌奏凯旋。

（2019.2.24 午）

春行

津双桥北铁骑东，西去兰河款款行。
黄雀争鸣啼柳绿，白杨飘絮伴桃红。
苍松吐翠含新韵，芳草招摇埋旧踪。
喜看双秦桑梓地，煦风袅袅春意浓。

（2019.3.4 晚）

咏林枫

水天一色晓风凉，江畔清晨雾霭茫。
举目空中云燕舞，近观路侧柳丝长。
身依堤岸思诤友，手握鸿篇忆脊梁。
艰苦卓绝驱日寇，功载千秋青史扬。

初夏

浓浓夏意雨纷纷，思恋重重情亦真。
芳草萋萋依岸绿，落英美美意深深。

他乡遇友

春风拂面鹊临门，拂去严冬天地新。
溪水潺潺声似乐，他乡柳丛遇乡音。

其二

乡愁轶事难说尽，款款深情刻骨心。
昨夜征尘拂未尽，今晨步履又刷新。

无题

风华才女貌如花，街道社区政绩佳。
捷报频传经验出，康庄处处开新花。

初春

远看青山近却无，星稀月朗任云舒。
有人篱下送温暖，比翼双飞入画图。

无题

引领北疆都市地，平畴沃土绽奇葩。
冰清玉洁风光美，靓丽风姿俏女侠。

韩信

韩信兵家四圣一，立身擎旗汉家旗。
功勋卓越人称颂，传世英明天下知。

莫愁

时逢盛夏雨绵绵，万顷田畴溪水潺。
一片汪洋心似煮，农民兄弟泪涟涟。

（2019.2.31 午）

悼孙殿金烈士

孙殿金，1928年5月生，黑龙江省绥化市北林区人，1951年2月13日，在抗美援朝战争第四次战役汉江南岸350.3高地战斗中壮烈牺牲。

少年有志赴国难，北战南征敌垒摧。
救死扶伤功显著，凌云浩气令敌畏。

其二

冬夜深深寒彻骨，浓烟烈火总相随。
流干最后一滴血，钢铁白衣魂魄归。

无题

傲然独立北峰巅，云海茫茫气万千。
日送晨霞云蔽月，远离世海乐悠然。

其二

天街人语悄然响，疑是飞琼偷下凡。
梦里不知身是客，醒来笑意挂腮边。

（2019.7.29 中午）

注：飞琼，指许飞琼，王母娘娘的侍女，泛指仙女。

欣闻绥化象屿玉米生化生产线正式运营而作

朗朗晴空白鹭飞，高楼林立显神威。
象屿生化曈曈日，雨润田禾缕缕辉。
黑土放歌骄日美，芙蓉争艳劲风吹。
栽桐引凤人丁旺，辟地开天扬笑眉。

（2019.7.26 中午）

三峡

悬崖峭壁有猿鸣，云霭茫茫烟雨浓。
两岸实难观美景，一池轻易觅荷红。
云开雾散飞鸿雁，日朗风清现彩虹。
百舸争流纷竞渡，峰峦叠嶂似天工。

（2019.7.17 晚）

五大连池之行

圣水分明天上来，清凉润腹且医灾。
慕名游客纷纭至，笑语欢声漫九垓。

其二

红颜浴水荷花开，油豆飘香迎客来。
登上黑山遥望月，纷纷把酒醉亭台。

（2019.7.15 早）

抗联精神永存

日寇铁蹄禽兽残，山河破碎恨天寒。
救亡守土民心向，奋勇杀敌是抗联。

其二

不惧千难和万险，忍饥受冻志超凡。
荒山林海驱倭寇，视死如归笑九泉。

（2019.7.11 晚）

雨后

雨润风拂花色浓，云开日朗草峥嵘。
茫茫湿地连云海，万亩苇塘映碧空。

（2019.7.7 早）

幸福总在风雨后

河畔茵茵嫩草多，林荫树下长鲜蘑。
落英纷谢化泥土，彩蝶片片舞婆娑。

（2019.7.5 晚）

雨后

燕雀喧旋飞半空，绿之源里荷花红。
呼兰河畔披新袄，红都拉山飞彩虹。
绿柳风中随袅袅，稻田畴里乐融融。
天晴日朗郊原秀，雨后斜阳似酒浓。

（2019.7.2 晚）

盛夏

风轻日隐密云稠，燕雀喧嚣杨柳头。
蝶翩蜂飞争嫩蕊，黄莺恰恰入宅楼。

（2019.6.26 晚）

想开一点（古风）

能吃则吃别太累，想穿就穿莫嫌贵。
人生友情当珍重，隔三岔五聚聚会。
少打麻将多练笔，少管闲事莫嘴碎。
闲来无事作书画，看透想开最可贵。
活泼开朗心地宽，伸伸胳膊踢踢腿。
赏赏花来逛逛景，游游山来玩玩水。
心胸豁达人长寿，知足常乐自安慰。

（2019.6.26 早）

夕阳唱晚

落日余晖映碧空，三三两两聚堤东。
刀光剑影身如燕，彩扇绫绸舞似龙。
曼舞轻歌王冕画，挥毫泼墨唐寅功。

霓虹璀璨新风貌，最是夕阳无限红。

（2019.6.14 午）

劝勉

云飞日朗古城西，独立琼楼凝目思。
最是思君心似煮，何时谋面告兄知。

（2019.6.13 下午）

商丘一日游

朝辞鹤壁夜商丘，美景梧桐眼底收。
芒砀山前读汉史，古城巷里觅根由。
南湖湖畔观飞鹤，淮海馆中祭列侯。
世外桃源赏不尽，归来浩宇月如钩。

（2019.6.12 晚）

暮思

斗转星移岁月残，呼兰河水不回还。
耄耋老者津桥站，凝望彤霞泪浸衫。

（2019.6.12 午）

自勉

弯弯山路陡坡多，困境重重历坎波。
走过红尘休怕苦，虔诚砥砺莫蹉跎。

（2019.6.11 午）

乡村夏日

禾田万顷连云天，绿柳丝绦湖岸边。
隐隐牧歌声入耳，渔舟破浪起微澜。

（2019.6.18）

看翁妪晨练偶感

雨过云消朗朗天，妪翁晨练笑开颜。
老当益壮勤耕作，风烛残年知冷寒。

其二

儿孙自有儿孙福，莫道残躯能解难。
和美人家丁自旺，心宽积善定安然。

（2019.6.4 早）

心醉

雨润芳枝紫燕喧，杏蕊初开溪水潺。
柳畔花间蜂蝶舞，月下池边听午蝉。

（2019.5.31 早）

心志

朵朵白云绕岭间，神清气爽乐悠闲。
身轻窈窕原随意，貌美姿柔本自然。
索性经年心已暖，等闲岁半梦初圆。
波折沟坎全无惧，天降吾才解众难。

（2019.5.3 午）

蒲公英

生于荒野绽黄花，清热解毒疗效佳。
入口芳馨医百病，晒干还可作香茶。

（2019.5.31 早）

仲夏

遥望禾田绿叶新，游园随处鸟啼音。
林荫树下逢净友，席地闲聊论古今。

（2019.5.3 晚）

大美龙江

——有志于艺博园龙江展馆

渔舟唱晚龙江畔，远处船歌韵律旋。
物庶民丰黑土地，暗香疏影乐悠然。

其二

山鸡飞鸟晴空舞，三花五萝结伴行。
大美龙江生态化，自然环保最怡情。

（2019.5.31 早）

夕阳西下

夕阳西下近黄昏，万朵红霞映朗坤。
幸赖童心犹未泯，晴空极目数流云。

其二

时来运转花千树，苦尽甘至享天伦。
回首前尘无憾事，不图名利为乡尊。

（2019.5.30 早）

贺随善获诗歌大赛“精品奖”

雨过天晴柳叶新，游人路上乐吟吟。
泥河沿岸频捷报，朋友圈中传喜音。
聪慧天资凭历练，文华底蕴靠耕勤。
诗词歌赋全应手，戒躁戒骄识古今。

（2019.5.29）

阅“十全十美”群微信感怀

斗转星移月似梭，时光荏苒任蹉跎。
村姑几载不曾见，未料摇身成富婆。

其二

教子相夫勤持俭，粗衣短袖换绫罗。
眉飞色舞展颜笑，丰润犹存兴致勃。

（2019.5.2 晚）

怀古

李白池馆甚清幽，居易吴山点点愁。
杜甫愁肠常蓄泪，放翁载酒偶行舟。
稼轩西北长安望，清照湖中舴艋游。
柳永青楼随放浪，庭筠独倚望江楼。

（2019.5.1 晚）

赠言信兄

边关遥祝人丁旺，朗照吉星家业隆。
雨润琅嬛枝叶茂，顺风顺水更繁荣。

其二

今日相知犹恨晚，三言两语见真情。
桃园结义留青史，待绽荷花侯信公。

（2019.4.17 早）

抗联精神永存

日寇毒蛇猛兽般，山河破碎惹心寒。
生灵涂炭哀民怨，跃马横刀靠抗联。

其二

突破艰难和险阻，忍饥受冻意超凡。
抛头洒血无遗憾，视死如归笑九泉。

（2019.7.11 晚）

造林感怀（古风）

林地柴草堆如山，搬迁工作举步艰。
包村乡干嘴磨破，包组村官腿跑酸。
邻里乡亲本无冤，只为林带几米宽。
昔日相逢称兄弟，今天见面把眼翻。

晨游

喷薄旭日照津州，碧绿禾苗眼底收。
绿柳枝头鸣紫燕，田园佳景伴晨游。

不朽的丰碑

茫茫长夜响惊雷，鬼怪妖魔魂魄飞。
唤起民众千百万，睡狮开始抖神威。

其二

举义南昌礼炮催，井冈烽火树丰碑。
长征万里功千载，抗战八年扬国威。

其三

三番战役名威震，百万雄师敌垒催。
十月京城礼炮鸣，炎黄儿女笑扬眉。

明月当空望举杯

烟叶征收形势危，爱妻生日我难回。
诚邀亲友同相祝，对月欢颜共举杯。

新秋明月

新秋明月挂中天，独坐客厅蛙鼓喧。
隐隐街南闻犬吠，爱妻可晓何时还？

相亲

日丽风和朗朗空，古城巴彦暖融融。
于姚从此结秦晋，好友亲朋醉酒中。

宏伟蓝图

学习区委一届二次全委（扩大）会议精神后，心潮澎湃，热血激荡，浮想联翩，夜不能寐，环望星空，欣然命笔。

三大工程举目瞻，搞活开放始空前。
粮农基地花争艳，政令通达百业鲜。

其二

振市兴区民意宣，同心合力绘明天。
北林发展先开路，破浪乘风永向前。

其三

八仙过海竞千帆，主体民营任在肩。
项目引联诚为信，植桐引凤展新颜。

其四

暂时落伍不为过，基地振兴莫等闲。
大业昌兴须纵酒，宏图描绘舞翩跹。

（2004.4）

商业街

商街横亘贯西东，人往车来甚闹腾。
穿戴吃喝样样有，不愁购物怕兜空。

泥河

日丽风和朗朗空，泥河丰采岂异同？
池塘早已干涸久，昔日湍流不见踪。

机关大院

甬路两旁几客松，花坛相对各西东。
东边园内种青菜，西侧池中花正红。

思乡

月冷星稀夜未眠，楼中独卧想联翩。
思乡之意如汤煮，岂晓何时桑梓还？

喜雨

细雨无声滋润田，秧禾久旱换新颜。
苍天有眼施甘露，人也乐来鹅也欢。

江畔冬景

昔时江畔绿丝绦，盛景今晨分外娇。
遥望梨花织玉锦，近观楼阁衬琼瑶。
凌云台上斟茶酒，赏月亭中奏笙箫。
塞北隆冬仙境里，诗人擎盏赋《离骚》。

（2020 年元旦）

读复苏兄微信诗文有感

金碧辉煌大礼台，霓虹闪烁流异彩。
丝竹悦耳琴声远，佳客开心情满怀。

其二

车轮把式似龙腾，歌舞蹁跹气氛浓。
翰墨丹青齐喝彩，掌声阵阵《报花名》。

（2020.1.17 晚）

心志

赖有文联巧运筹，群贤荟萃鑫威楼。
悠悠鼓乐人心醉，靓丽女模舞扇绸。

其二

翰墨淋漓香气远，丹青泼洒写春秋。
初心使命牢牢记，甘为人民做马牛。

（2020.1.17 晚）

远望

塞北冰封似玉雕，南疆澎湃涌波潮。
金鸡啼晓迎朝日，紫燕凌云入碧霄。
尊重人才兴大业，珍惜智者育英豪。
扫黑除恶民心向，三大攻坚逐浪高。

（2020.1.18 早）

春回武汉

登上蛇山看日出，晴川历历鸟声甜。
长江桥下千帆过，黄鹤楼前百果鲜。
观景画眉声婉转，听涛鸿雁舞翩跹。
海昌极地客盈门，汉口江滩宾满园。

（2020.3.24）

和夜泊心湾兄

姿色平平有巧功，常置铺店药廊中。
冬息旷野掩踪迹，春到人间露面容。
闲逛平畴方可见，郊游坝岭始相逢。
三餐四季如相伴，病不沾身润色红。

（2020.4.1）

感悟

天碧风清丽日悬，草青水美展新颜。
花开花落明时物，云卷云舒理自然。
悲喜离合今又现，康安福禄古难全。
神游万仞承龙脉，彪炳千秋继世源。

（2020.4.4）

雪润

天公抖擞玉蝶翩，芳草青青入枕眠。
日暖风和宜种树，云悠雪润适耕田。

（2020.4.22）

心志

风柔日朗润芳丘，燕语莺歌醉沃畴。
废寝忘食帮主理，披星戴月为民愁。
回眸过去知灰冷，放眼前程忘苦忧。
壮士暮年踌满志，心怀激烈更登楼。

（2020.4.25）

春趣

日丽云清蔚蔚观，平畴峻岭碧空连。
河鸭曼舞滩涂上，燕雀轻歌杨柳间。
沃野机鸣人马跃，芳溪水暖鲤鱼欢。
神州阔步康庄路，四海扬帆砥砺前。

（2020.4.28）

春忆

湖边风软柳梢青，紫气临门喜事盈。
农家院里黄莺唱，白桦林中翠鸟鸣。
席田落座开怀笑，对酒当歌盛意浓。
两小无猜骑竹马，天长地久寄深情。

（2020.5.15）

丁香颂

叶茂根深生北方，芬芳四溢盛期长。
清馨淡雅风姿隐，富贵荣华底蕴藏。
笑傲严寒欺雨雪，不羁酷暑蔑风霜。
高洁温润人人爱，路侧公园脉脉香。

（2020.5.16）

和夜泊心湾兄

天清日朗晓风轻，路转峰回世事明。
多寡盈亏皆入意，虚实进退总关情。
忠贞不渝初心觅，砥砺前行血力倾。
是是非非青史载，恩恩怨怨后人评。

（2020.5.16）

书怀

春风一到万禾苏，小满归来百鸟呼。
登岭遥观桃浪涌，倚窗近睹柳眉舒。
缘牵瑰梦思佳客，脚踏青波绘彩图。
意切情真心不改，风烛残月再登途。

（2020.5.24）

北林初夏

日暖风轻拂桦梢，花香鸟语绿丝绦。
林荫路上笛声脆，沃土田中热浪高。

秋怀

暑去寒来秋转凉，关山万里染秋霜。
吟诗作赋观枫色，挥袖招来万缕香。

（2020.9.23）

和心玉同志

图画诗书馆室藏，名篇巨著满厅堂。
天天可睹耕耘女，日日能观奋进郎。
乐谱华章多品味，精刊古典细嚼尝。
原装正版招宾客，种类繁多意蕴长。

（2020.6.1）

南行观感

环城路上落英飘，松水堤边烈日昭。
巴彦平田银雀舞，松江大坝绿莺嚣。
葡萄藤下清风爽，菽稻池中热浪高。
寒土物丰销万里，龙王豆奶领风骚。

（2020.6.8）

心志

人生苦短去匆匆，坎坷曲直各不同。
莫道遥岑无大树，家居陋室阔心胸。

（2020.5.4）

游沙雕海洋乐园

天清日朗乐园新，携友随团又莅临。
高速云梯人影动，海螺广场浪声吟。
滑沙滑草迷花眼，飞马飞人入骨心。
弥勒大佛迎众客，观光小车候新亲。

（2020.9.25）

重游山海关

面朝大海背依山，铁壁铜墙巨手连。
域阔城高无憾事，关威隘险有遗篇。
欣闻盛景心潮涌，悦睹尊容思绪牵。
故地重游多慨叹，如临战事理当先。

（2020.9.27）

车行冰糖峡

冰糖峡里路绵延，偶见村姑展笑颜。
苹果园中苹果硕，葡萄架下宝石鲜。

（2020.9.27）

观海兼和远山青青兄

云霞托赤日，潮涌金沙湾。
赶海人纷至，飞鹰绕远帆。

（2020.9.23）

冰塘峪秋游

雄奇陡峭耸云天，突险巍峨腾巨澜。
水溅松石游客醉，溪跌峡峪丽人欢。
玻璃滑道真觉险，魔境迷宫倍感寒。
呐喊喷泉多美幻，星空木屋展朱颜。

（2020.9.27）

中秋

天高云淡劲风凉，沃野风袭色渐黄。
眼底丰姿多懒散，心中俗味总痴狂。
轻歌曼舞身心醉，仗剑高呼士气扬。
作画吟诗书盛世，挥毫泼墨绘图强。

（2020.10.1）

金秋歌赋

枝头彩叶浴清寒，稻谷泛波金浪翻。
使命运筹兴汉业，江山社稷耀尘寰。
官员不改初心愿，民众偏知做事艰。
国富民强堪盛世，莺歌燕舞谱佳篇。

（2020.10.1）

天长地久

天高地阔柳摇黄，酒兴绵绵夜梦长。
相遇同学飞溅泪，惜辞挚友染湿裳。
小城绥化风光览，肘子老街菜味尝。
但愿学情深似海，虔希友谊比天长。

（2020.10.3）

冷秋

平畴远野不生田，彩叶风中分外鲜。
野兔呆痴堤上坐，山鸡惆怅草中眠。
鸿鹄离去声忧唤，游子归来默冷言。
秋色苍凉心负重，朔风萧瑟倍觉寒。

（2020.10.4）

深秋抒怀

城头月冷夜风吹，寂寞清凉总伴随。
堤柳长亭游客醉，空楼孤影丽人悲。

（2020.10.7）

晚秋赋

即兴吟诗颂晚秋，芳词丽句腹中流。
朔风阵阵风摇树，碧浪滔滔浪打舟。
远野茫茫凝玉露，骄阳灿灿洒金畴。
丰收景象激情赋，高举银杯快乐悠。

（2020.10.11）

秋夜抒怀

一花独放百花杀，唯有孤君送晚霞。
月下闲庭斟米酒，城中茗店品新茶。
孤栖牵挂为乡里，寂寞萦怀因旅涯。
唯盼双方诚意满，谈成项目好还家。

（2020.10.14）

冰糖峪小景

笔架山观云淡淡，石来岭上草青青。
白猿洞里风袅袅，摇摆桥听水淙淙。

（2020.9.27）

秋收

寒来暑往历辛艰，气暖风和润沃田。
果累硕丰飞燕舞，秋清水美藕丝连。
丛山深谷闻琴曲，远岭重林听鸟喧。
寒地农工收豆谷，松原沃野动刀镰。

（2020.10.14）

秋日抒怀

秋深日冷露霜凝，唯有苍松叶色青。
衰草枯杨栖鹊鸟，凄风苦雨扫街亭。
长空嚯嚯飞鸿雁，树丛啾啾隐百灵。
万里莽原金灿灿，农民把酒庆年丰。

（2020.10.15）

午餐偶感

顶楼厅室焕然新，锅碗瓢盆交响音。
热气腾腾情切切，清香袅袅乐吟吟。
有说有笑多和美，无虑无忧忒喜人。
服务员工谋福祉，都说此举甚温馨。

（2020.10.15）

感世

八仙过海风烟逝，结义桃园久历新。
互助互帮凝众望，全心全意非比拼。
豁达睿智为仁者，理解包容是义君。
气正风清出盛世，胸怀磊落做达人。

庚子重阳

庚子重阳恋晚秋，欣逢啼燕跃枝头。
东篱架下菊香远，西麓溪边古柳柔。
华夏炎黄享盛世，神州大地舞绫绸。
身居异域思宗土，斗室萦怀桑梓游。

（2020.10.19）

秋潮

天着云锦地披纱，秋草摇黄映晚霞。
大雁南飞边外去，北归游子待出发。

（2020.10.22）

秋歌

一场秋霜一场寒，漫山枫叶绽朱颜。
禾田千里香飘远，又是丰收喜庆年。

（2020.10.22）

惜别

送友桥头啼泪花，几番欲语要说啥？
频挥杨柳登舟去，驶向天涯和水涯。

（2020.10.29）

秋杨

亭亭玉立大街旁，飒爽英姿傲雪霜。
苦雨寒风浑不怕，高洁淡雅透柔肠。

（2020.10.31）

陪读偶感

彩虹人往客生来，老少尊师上讲台。
琅琅书声传室巷，悠悠唱诵荡心怀。
唯求晚辈成良骏，只盼儿孙做栋材。
天降紫薇兴故里，春风阵阵百花开。

注：彩虹，口才班名字。

（2020.11.1）

初冬赋

朔风挟雪百禾杀，寒鸟叽叽恋晚霞。
寒柳无心陪挚友，冬菊有意绽新花。

（2020.11.6）

初冬雪夜

中街古柏束柔纱，深巷霓虹绽彩华。
东岸长堤披玉带，西滩短岭罩银花。
疾书奋笔身心惫，作赋吟诗私信发。
待到明晨冬日现，又闻雀鸟闹叽喳。

（2020.11.8）

致思人

霓虹璀璨忘秋寒，月影星光百卉残。
伏案疾书倾夙志，宽衣醉榻梦卓颜。

（2020.11.10）

有感于《曼妮心语》

能识美丑又识真，少小离家真理寻。
拯救农奴脱苦海，推翻领主助穷人。
精通世道通中外，知晓苍生晓古今。
天地情怀为己任，贤达敦厚寄儿孙。

（2020.11.17）

张维小烧酒

百年小镇醪秾香，地酝甘泉天赐康。
日月精华五谷酿，源自前清始于荒。

其二

技艺绝伦誉八方，香蕴清馨永世芳。
情思郁郁丹青绘，醉意绵绵翰墨狂。

（2020.11.17）

梦阳入户对接感怀

对接何故冒风雪，皆怪拥权当老爷。
刮脸刮鼻寒彻骨，凝眉凝目冷如蛇。

下乡问苦观疾苦，入户访贫听诉说。
有爱人间春意暖，沙洲无水鸟飞绝。

（2020.11.19）

冬雪

金秋去后冷冬临，峻岭平田万物新。
飞絮晶莹银柳舞，冰花剔透朔风吟。
山鸡踏雪寻新友，野兔驻足觅旧音。
待等明春芳草绿，且观黑土万家亲。

（2020.11.22）

冬日抒怀

江封河冻浪波消，花谢禾枯物色凋。
雪美日和寒鹊舞，山朗川洁玉蝶娇。
挥锹动铲通身暖，伸手出拳趣意高。
观景赏菊心气爽，抒怀唱晚淡愁抛。

（2020.11.26）

冬吟

初寒沃野劲风吹，苍宇茫茫瑞雪飞。
玉树琼楼今又现，江天万里映霞辉。

（2020.11.21）

冰凌花

玉体银颜气色真，雾结霜筑本无深。
琼枝丽影松前绽，素裹纱装柳上珍。
不与芳梅争宠溺，愿和冰雪做知音。
冰冻寒袭唯傲骨，人伤世妒见精神。

（2020.11.30）

寒梅

傲霜斗雪绽芳腮，冷艳清香敞悦怀。
笑送红尘飞逝去，欣迎玉蝶下凡来。

（2020.12.2）

冬夜无眠

玉树琼枝别有天，朔风挟雪伴更眠。
长街明灭霓虹暖，广场间歇鼙鼓喧。
赏月楼中皆娱乐，方舟亭里尽欢颜。
林城晚景游人醉，夜半歌声犹未完。

（2020.12.3）

帮扶见闻有感

薄雾浓云烟锁楼，冰清雪冷漫绸缪。
攻坚正遇脱贫尾，克难时逢阔步头。
静气远观松柏绿，凝心近看雀鸦愁。
红尘渐远无私怨，翰墨姗迟有所求。

（2020.12.7）

读微信感怀

倭寇投降战火停，万里江山初透晴。
乍现光明又阴影，山城重庆雾蒙蒙。

其二

亲赴龙潭入虎穴，和平愿望了然胸。
沁园春雪诗坛颂，协议达成终未成。

（2020.12.9）

劝言

山川异域共忧难，日月同天度冷寒。
奉劝官民磨炼志，驱除迷雾现晴天。

（2020.12.15）

梅

傲雪欺霜不染尘，银花纷谢绽芳馨。
闲来俗世会知己，愿把清香送丽人。

（2020.12.21）

松

笑傲严寒品自真，披风沐雨伴星辰。
终生不改凌云志，从不争春不笑春。

（2020.12.20）

竹

亭亭玉立节节伸，脉脉含情款款真。
应是南山陶令客，清高傲世五云深。

（2020.12.21）

祖孙情

手挥墨笔乐津津，伏案学书有志心。
倘若持恒知法度，定能长久盖族亲。
夜陪妮子学书法，晨伴佑哥逛诗林。
芳草当知人世爱，也知昂首放歌吟。

（2021.1.7）

江畔新景

松花江畔玉丝稠，护哈长堤无尽头。
冰雕雪筑花千树，一扫冬夜寂寞愁。

（2021.1.13）

北林初夏

嫩绿新妆白桦梢，花香偏绕柳丝绦。
林荫一路笛声亮，送我溪边过短桥。

和全喜兄《峭壁劲松》

巍峨高耸傲群峰，伟岸雄姿云雾中。
峭壁穷崖岩缝长，餐风沐雨路边生。
挺拔魁岸冲霄汉，屹立崔嵬擎碧空。
烈日严霜无所惧，风狂雪暴亦从容。

（2020.6.17）

和夜泊心湾兄

斗转星移夏至归，天长夜短草葳蕤。
南塘喜雨荷花艳，北岭微风紫燕飞。
世态炎凉疑梦榻，人情冷暖乱心扉。
乾坤虽有回天力，旷野无情月亦亏。

（2020.6.20）

兄弟情深

细雨蒙蒙万物新，清凉住舍忆昔今。
浓香米酒杯杯满，一奶同胞辈辈亲。

（2020.6.27）

老友重逢

重逢老友好温馨，又念过往还念今。
一盏“长香”情愈重，三杯“窖酿”意犹深。
欣说玉领同欢乐，笑忆红尘共苦辛。
岁月悠悠人亦老，时光荏苒试真金。

（2020.7.22）

八一颂

百万雄师喜气洋，军歌嘹亮桂花香。
卫疆守土国防固，抢险抗洪爱意长。
国际维和担重任，民族复兴挺脊梁。
精兵强武雄魂在，绿色长城铜铁墙。

（2020.8.6）

秋

云边雁字纵天长，白了芦花浓了霜。
笔调渐如烟水阔，情添一味是苍凉。

窗前寄月

夜已幽深犹静守，窗前明月照床头。
思君梦里风含露，雨打珠帘情近秋。

（2020.8.4）

秋日歌赋

人生苦短忙忙碌，岁月悠悠日久长。
夏品松槐杨柳翠，秋尝李杏豆禾香。
六河雨顺蜂蝶醉，九岸风调稻谷黄。
沃野芬芳童叟乐，乡村起舞众生狂。

（2020.8.16）

盛秋美景

人间盛景是秋天，沃野良田金浪翻。
滚滚兰河夕照里，巍巍西岭笼云烟。

（2020.9.7）

冷秋

雁阵南归白鹭飞，平川远岭冷风吹。
枯荷池里清波荡，熟稻田中金浪推。
顷刻连宵狂雨骤，瞬间遍野怒涛围。
本来欲饮丰收酒，手握空樽意冷灰。

（2020.9.9）

“财神生日”偶感

九九全天鞭炮声，城乡财气陡然升。
祈求天赐黄白物，盼望地生珠宝铜。
除恶扫黑清匪霸，扶贫济弱助农工。
天晴雨过禾田秀，盛世中华腾巨龙。

（2020.9.9）

光耀千秋

伏案批文夜已深，临轩遐想用情真。
恩泽四海兴家国，普惠苍生济世人。
亿众焚香承福祉，万民仰首颂隆恩。
生前理政鞠躬瘁，身后未曾带半文。

（2020.9.9）

婚礼感怀兼和随善同志

落叶纷飞满地金，山莺欢唱伴秋音。
棵棵古柳繁华尽，块块瓜田记忆深。
昔日孩童成翘楚，如今靓女奉新君。
爆竹悦耳传佳讯，鼓乐喧天裂彩云。

（2020.9.13）

松花江咏叹兼和远山青青兄

瑶池何故落松花，波涌涛掀应有涯。
雨润平畴翻碧浪，恩泽黑土泛红霞。
菊开情暖飞千鸟，荷谢秋实入万家。
砥砺建功新领地，同心助力大中华。

（2020.9.14）

“九一八”感怀

日贼制造“九一八”，黑水白山百草杀。
志士仁人操剑戟，孩童老叟握刀叉。
五湖四海同心铸，六岳三山齐力发。
砥砺前行兴大业，同仇敌忾护中华。

（2020.9.18）

盼归

田畴沃野动刀镰，盛事欢歌丰润年。
忽报长街闻犬吠，方知明月照人还。

（2020.9.20）

南下之行

两瓶下肚激情奋，入腹三杯云雾摇。
睡梦时分鼾乐起，卧厢夜半旅烟飘。
头昏脑胀通身冷，舌燥口干醉气消。
心海扬帆逐浪涌，眼前寄梦荡春潮。

（2020.9.23）

呼伦贝尔大草原（古风）

呼伦贝尔大草原，融融暖意欣欣然。
蒙蒙细雨青青草，溪流深深水潺潺。
亭亭白桦枝叶茂，达尔滨畔杜鹃妍。

其二

呼伦贝尔大草原，盛夏时节听鸣蝉。
蓝天掠过白云影，额尔古纳百花鲜。
油菜花开游人醉，雨后飞虹映沧田。

其三

呼伦贝尔大草原，秋高气爽雁飞南。
牛羊成群马儿壮，蒙古包外笼炊烟。
朝霞常伴蒸腾雾，根河两岸草连天。

其四

呼伦贝尔大草原，微风习习冷气寒。
冰清玉洁红梅开，雾凇奇观忘流连。
那达盛会凝心力，轻歌曼舞众欢颜。

（2019.2.24 午）

贺“一带一路”高峰论坛

高峰盛会全球睹，“三共”原则脱颖出。
推进“互通”凭借力，集思广益绘宏图。

其二

巧绘精描工笔画，尽施特色互通无。
追求卓绝格局大，携手并肩步旅途。

其三

全球构建共同体，协作共赢旭日出。
凝聚共识成果硕，神龙巨手绘宏图。

（2019.4.27 晚）

南海神狐海域可燃冰开采成功

南疆海域一神狐，惊诧全球宝藏出。
试采成功传喜讯，举国振奋万民呼。

其二

华夏今朝非往日，天高日朗彩云舒。
东风浩荡春常在，万里江山旭日初。

（2019.4.28 下午）

无题

北林阆苑遇春天，文社诗协聚骏贤。
炉火纯青情所致，笔耕不辍意轩然。
唐风宋韵今犹在，元骨清流有遗篇。
创作也能掀巨浪，文学盛世史空前。

（2018.12.27 早）

读史大哥《开心一笑》有感

龙飞凤舞为耕耘，博览群书助力魂。
泼墨挥毫随写意，开心一笑抖精神。

（2019.1.19 拂晓）

大汛

江河横溢密云稠，水往克音桥上流。
淹没良田千百顷，驶出快艇三两艘。
冲伏禾稻农夫泪，阻断归程旅客愁。
众志成城抵水患，市区领导有绸缪。

（2017.7.24 晚）

虎

身居幽谷固如磐，笑藐苍生蔑宇寰。
越岭翻山图霸业，卧薪尝胆傲尘凡。

（2022.2.5）

虎岁欢歌

虎跃龙腾今胜昔，京都冬奥健儿集。
八仙过海轻功展，百健凌峰绝技习。
老友新朋眉眼笑，金童玉女韵神怡。
九州大地风云涌，赤子前行唯恐迟。

（2022.2.4）

银虎迎春

虎啸龙腾捷报急，冰莹雪俏送消息。
桃芳柳翠春君早，日暖风柔盛景奇。
欢喜绥城如彩绘，欣然商贾若虹霓。
厚植优势心怀远，加快提升志莫移。

（2022.2.4）

思人睹物抒怀

周日居家祭圣贤，思人睹物理应先。
常怀领袖真情切，慰感神州盛事连。
五岳三山春意美，六河九岸乐声甜。
制裁打压浑不怕，恰似苍松傲世间。

（2022.3.27）

三春

日朗风柔百鹊喧，山青水美柳丝牵。
桃红草绿催人早，马跃人欢好种田。

（2022.3.27）

清明时节

清风有意系丝绸，寂静陵园一望收。
碧落浮云倾泪雨，碑前墓畔祭离愁。

（2022.3.27）

今风 今春 今思念

眼角析出泪似潭，衔衣联袂涌波澜。
春晨伫立情缘系，夜半萦怀魂梦牵。
独醉厅堂思绪乱，孤游夜市浪潮翻。
吟诗作画真情切，对酒当歌世事参。

（2022.4.10）

知足常乐

时临花甲莫心揪，面对红尘始自修。
守信诚实当力勉，知书达理要深求。
常思善念难生恨，三省德行少惹忧。
体健身康享盛泰，德馨艺湛度春秋。

（2022.4.14）

贺神州十三凯旋归

帅男靓女探苍穹，历险披荆夙梦同。
揽月摘星接使命，寻河环宇立勋功。
航天科技扶摇上，华夏神舟平步升。
国盛民强前景阔，东来紫气润蛟龙。

（2022.4.17）

飞天抒怀

探险腾空上九重，神舟驾雾入苍穹。
全球瞩目飞天梦，傲立东方华夏龙。

（2022.4.17）

城市环卫工

朝伴星辰夕沐纱，风霜雨雪任随它。
玉足踏遍福馨路，汗水浇开环卫花。

（2022.4.20）

春晚情思

一片云霞衔远山，始知壮士踏歌还。
孤舟泊岸樟林动，鸿雁归心碧草欢。

（2022.4.23）

欣闻夙梦圆

日照西湖百鹊喧，欣闻卓朴梦终圆。
轻歌唱晚游人醉，街柳垂青花卉鲜。

（2022.4.23）

塞北季春

塞北郊原玉露甜，春芽乍醒绿田间。
黄莺洽洽轻歌远，柳絮绵绵曼舞旋。
追爱山鸡穿林莽，寻鱼白鹳守河边。
平畴幽谷芳菲尽，滚滚春潮碧浪掀。

（2022.4.23）

早市

日朗风轻早市长，人流熙攘甚繁忙。
活禽蔬菜凭挑选，水果熟食任品尝。

（2022.4.24）

日暮

万里江天云影垂，彤霞似火笼余晖。
扁舟载日微波上，暮色苍茫望鹤飞。

（2022.4.24）

山水吟

远望青山气势恢，一尊宝塔耸云帷。
湖光倒影随波荡，不见林丛白鹭飞。

（2022.4.24）

观客栈荷花图

一道屏风客栈中，八方宾至笑相迎。
波清叶阔鸳鸯戏，馨香袅袅绽嫣红。

（2022.4.27）

花卉温室大棚

一幢温棚郁郁葱，万盆花卉正争荣。
虽然不见蜂蝶影，远望幽幽几点红。

（2022.4.27）

说缘

缘分擦肩转首空，忠贞爱恋自情浓。
平生携手经风雨，共度夕阳别样红。

（2022.4.27）

劳模座谈会

荟萃群贤贯始终，发言踊跃氛围浓。
英模各个抒心曲，岗位平凡立大功。

（2022.4.27）

春草

勃发芳草沐朝晖，郁郁葱葱罩碧微。
清淡唤来莺燕舞，香浓逗引蝶蜂飞。
风吹雨打身犹旺，刀斩火烧根愈肥。
野岭荒山无定处，春风一度又葳蕤。

（2022.4.30）

再游红都拉山

芳草萋萋一望收，葱茏似海绿丝绸。
平畴溢彩飞云渡，沃野生姿逝水流。
坐顶观山心境阔，追风掠影碧空游。
都说岁月催人老，荏苒时光切莫愁。

（2022.4.30）

松嫩三春

松嫩平原分外娇，六河九岸涌春潮。
心田激荡情丝动，柳絮飞扬倩影飘。
才子临轩挥笔墨，佳人闺阁品琴箫。
龙江壮美和风送，黑土婀娜彩绘描。

（2022.4.30）

梦游天门山

遥望天门动地开，光晕彤海日边来。
通霄仙径青峰绕，东逝粼波玉雾埋。
碧岭松涛频荡漾，风帆雁影久徘徊。
石芽石笋石阶上，脚踏凌云入梦怀。

（2022.5.3）

环卫工

大街小巷美容工，春夏秋冬脚步匆。
昼夜奔忙足手裂，经年劳碌背腰躬。
寒来暑往披星月，西走东奔任雨晴。
蜡炬成灰心血染，蚕丝吐尽育花红。

（2022.5.3）

植物园之春

五月园林草木新，荷湖鱼泊碧波粼。
飞蝶啼鸟花中乐，泽畔游人惬意吟。

（2022.5.11）

春晨漫步

晴空万里古城长，野岭平畴秀彩妆。
水草婀娜翻绿浪，湖波潋滟泛金光。
黄花有意织夕锦，赤鸟多情恋晓阳。
宾客云集都市靓，神州安泰永流芳。

（2022.5.11）

春游偶感

沃岭禾田农事催，和风细雨总相随。
一群白鹭迷人眼，万簇梨花沐日晖。
鲜草勃发添秀色，落英曼舞竞芳菲。
清茶一盏驱辛苦，日暮踯躅恋恋归。

（2022.5.15）

议政咏怀

风和日丽物畴新，工运英才议政勤，
履职铭责担使命，谏言献策为人民。
英贤莫改功德愿，志士应怀寸草心。
宁可神魂身俱碎，羞于平躺度光阴。

（2022.5.19）

海棠花

金丝玉瓣绿裙装，日暖风和荡芬芳。
招引游人纷沓至，归来衣袖也沾香。

（2022.5.18）

端午伤怀

端午伤怀泪浸衫，群山俯首祭英贤。
忠臣有志谋良策，昏帝无能信祸言。
食粽采茶留史册，赛舟插艾续章篇。
汨罗江畔人潮涌，摇曳旌旗锣鼓喧。

（2022.6.3）

元旦抒怀

玉树银花开满山，冰雕雪筑似桃源。
金牛载誉乘风去，瑞虎承责沐日还。
鹏起白山描盛景，龙飞黑水展新颜。
神州锦绣旌旗奋，盛世欢歌鼓乐喧。

（2022.1.1 晨）

雪花颂

琼蝶落北疆，玉体巧梳妆。
素叶迎风舞，银枝顺势扬。
玲珑舒妙曼，优雅送吉祥。
过客吟诗句，游人赋锦章。

（2021.1.1）

新年元旦偶感

斗转星移岁月迁，僻乡闹市藕丝连。
老街深巷逢知友，陋室寒堂聚俊贤。

阔论严嵩坑海瑞，高谈诸葛带孙坚。

人生自古多沟坎，莫忘初心砥砺前。

（2022 年元旦）

卜算子·雾霾

不见雪花飞，举目烟霾罩。
已是寒冬河已封，剩有严霜峭。
料峭到何时？或许天知道。
待到晴空朗月来，童叟皆欢笑。

（2018.12.12）

摊破浣溪沙·和远山青青兄

遥望云霄甚觉寒，乡怀离阙月身弯。
七夕徒劳空鹊渡，泪丝绵。
又是山河丰熟季，终来沃野绽嫣颜。
莫愿郎君愁倩影，盼归还。

（2020.8.25）

鹧鸪天·出游

人去楼空山那边，携夫带女举家欢。
风轻日朗游情奋，草碧花鲜笑意连。
洗海澡，展姿颜，星星广场舞翩跹。
身居书室思潮涌，人倚楼窗盼客还。

（2020.7.12）

一剪梅·丽人归

幽径空廊人影孤，
桂蕊含香，
玉露凝珠。
空楼寂寂有人无？
不见流云，
月朗星疏，
铃响门开妻子呼，
惬意萦怀，
眉眼皆舒。
笑谈懂事爱孙儿，
色舞眉飞，
乐趣十足。

（2020.8.6）

西江月·绥化小城

天上丰盈朗月，城区闪烁霓虹。
街灯璀璨胜繁星，笑语欢声飘送。
广场秧歌舞蹈，商家店铺联通。
寒梅映雪暗香浓，一派兴隆昌盛。

（2019.1.12 晨）

浣溪沙·祝镇体育盛会

五月鲜花别样鲜，人民两万尽欢颜。
莺飞蝶舞燕呢喃。
举镇同心齐勠力，各村携手共骈阗。
津河处处艳阳天。

一剪梅·小草

冬去春来郁郁葱，伸展腰枝，返老还童。
天涯海角遍芳踪，雨打风吹，坚毅从容。
不与“贵族”争辱荣，默默无闻，低调谦恭。
甘当绿叶护花红，不计尊卑，不慕虚荣。

南乡子·归途

瑞雪映层楼，游子登高放远眸。
风入工棚萧瑟里，嗖嗖，月冷星稀更惹愁。
翌日踏归舟，万水千山古渡头。
岸上人群拥挤处，幽幽，抱紧贤妻双泪流。

（2020.1.9）

诉衷情·致友人

黎明早起倚轩窗，天亮百花香。
燕子欲飞何处？约伴绕庭杨。
胡同里，街巷旁。健身忙。
此生谁料？迭宕起伏，事业平常。

（2020.5.7）

水调歌头·喜迎新年

玉犬方辞岁，蓦地进猪年。
顿觉春风拂面，丽日更高悬。
漫步长街短巷，紫气东方缭绕，童叟换新颜。
鸿运缤纷至，福禄寿财全。
佳节近，梅争艳，万民欢。

童叟红男绿女，无不笑开颜。
城里霓虹璀璨，乡下秧歌曼舞，到处尽狂欢。
值此良宵夜，万户庆团圆。

（2019.1.7 中午）

水调歌头·展望

江南田野秀，塞北果蔬香。
正是乡村盛景，篱畔菊花黄。
肥美牛羊如画，牧曲悠扬豪放，一派好风光。
令人心驰往，处处小康庄。
群山舞，江河唱，笑声扬。
铸就铜墙铁壁，华夏挺脊梁。
欣喜祖国昌盛，期待民族兴旺，携手筑辉煌。

（2019.1.8 上午）

沁园春·深秋感怀

丽日空悬，菊花漫烂，百鸟嚣喧。
看平畴远野，蛙声一片；
稻香千里，忘返流连。
熙攘商街，繁华闹市，人海如潮涌巨澜。

欢歌起，邀新朋老友，把酒言欢。
今朝美景空前，复兴梦辟开新纪元。
看激光利器，蛟龙潜海；飞船探月，北斗飞天。
科考雪龙，五洋踏遍，国富民强享太安。
逢盛世，愿巍巍华夏，笑傲人寰。

（2020.10.11）

满江红·和全喜兄

塞北隆冬，银装裹，
重峦叠嶂抬眼望、远山深壑，峻岭披帐。
袅袅炊烟空中绕，亭亭玉立松涛唱。
朔风吹，瑞雪舞翩跹，真豪放。

功与过，成已往；春梦里，梅花放。
迎新辞旧岁，气清神朗。
不忘初心怀使命，扬帆挥桨劈波浪。
我华夏，展翅效鲲鹏，谁敢挡！

（2020 年元旦）

沁园春·咏春

俯视滩头，冰雪消融。
诺水西流，看红山盛景，碧空日朗；
黄莺低唱，赤鲤优游。
百草萌发，千峰叠翠，百姓春来享自由。
心舒畅，且生活美满，无虞无忧。

曾携好友同游，环眸看激情涌上头。
值阳春三月，煦风拂面；
樱花漫烂，碧柳悠悠。
漫野欢歌，机声阵阵。
林海桑田尽数收。
春色美，抒情怀壮志，大展歌喉。

（2019.3.18 午后）

沁园春·回首 2019

勠力同心，阔步前行，跃马挥鞭。
赞攻坚战役，星光璀璨；
京津冀域，盛况空前。
东海之滨，长江两岸，跃马扬鞭战未酣。
粤港澳，看珠江南北，壮阔波澜。

嫦娥登月飞船，驾火箭迢迢进广寒。
乘雪龙首航，探幽深海。
全球组网，北斗收传，五 G 运营，
俱令顽敌心胆寒。
东风起，看神州大地， 一派欣然。

（2020 年元旦）

水调歌头 · 再顾润泽园

端午佳节至，再顾润泽园。
回首停车一望，旧貌变新颜。
岭上黄花漫烂，谷底潺潺流水，山路九连环。
站在峰巅处，心海卷波澜。

风景观，人来往，赤彩旗鲜。
好友亲朋云聚，把酒敬“诗仙”。
席上推杯换盏，席下欢言笑语，彻夜舞翩跹。
回首来时路，俱道有酸甜。

（2020.6.26）

水调歌头·劳动节感怀

怀远登高望，天地眼中收。
一派宇清风静，莺唱柳梢头。
街路车潮涌动，摊店人流接踵，思绪不停留。
蝶舞梨花丛，蓦地惹乡愁。

人生路，不停步，莫回眸，执意手根植沃土，
风雨再同舟。
不怕风吹浪打，何惧雷鸣雨骤。
信笔写春秋，

砥砺垂心智，事业更登楼。

（2020.5.1）

第二部分

现代诗

不息不止

我不能和“失意”结亲
也不能与“彷徨”同床
更不能同“烦恼”为伍
与“忧郁”入洞房
我要把“健康”和“卓越”
两兄弟揽在怀中
背起大自然“恩赐”这袋食粮
与“勤奋”小兄弟结伴
让“知识”老大哥当导航
同“互助”“共勉”双胞胎师兄一道
再度征帆远航

想

有时您让人不修边幅
有时您让人夜难眠口难张
有时您化作热泪两行
让情感尽情流淌
有时您化作一缕感伤
叫人撕心裂肺
令人痛断肝肠
有时您与爱为伴

有时您与梦同床……
有时您乘上飞驰的列车
驶向远方
有时您化作七彩云霞
叫人陶醉
令人神往

盼

明媚的初春
水清天蓝绿海无边
柔情的阿妹
站在家门孤树前
眺望辽阔的大草原
心海涌动
思绪映眉间
久久驻足
眼欲穿
热血激荡
泪溅衣衫
手扶孤树
放开歌喉
唱出对情哥哥的思念

（2019.1.13 午）

相思

您烙印在我的记忆里
擦也擦不掉
抹也抹不去
随着时间的流逝
您越发清晰亮丽
您撒播在我的心田里
生机勃发
花香四溢
随着季节的变换
您越发丰实艳丽
您寄托在我的梦幻里
理不完的情结
扯不断的思绪
随着岁月的更迭
您越发秀美壮丽

（2019.3.11 早）

想你

一股凉风袭来
我顿感惬意
它摇扯着我的衣袖

撞开我的记忆
幽深小径别离的那一幕
又一次在脑海中浮起
虽然春回冬去
可依旧那样清晰明丽
没有一丝褶皱
没有一丝污迹
收起来吧
把它悄悄贴在心口上
偷偷放回记忆里

（2019.3.14 晚）

无题

望着儿子渐远的背影
您眼角里溢出晶莹的泪花
亲亲怀里的孙儿
脸上绽开七彩云霞
期盼孙儿快快长大
好去接替他爸爸
撑起这个破碎的家
让传世的火种
早日放射出璀璨的光华

（2019.4.2 早）

一路走好

你们驾着清凉风
乘着星夜
带着空空的行囊
来不及告别朝夕相处的战友
和生养你的爹娘
匆匆忙忙
沿着火花铺就的路
走向天堂
请你们再回头看一眼吧
你们为之付出生命代价
和洒下青春热血的地方
再回头看一眼吧
步履蹒跚
鬓染白霜
痛断肝肠的爹娘
还有期盼与你早日步入婚姻殿堂
撕心裂肺
泪眼汪汪的新娘

（2019.4.3 午）

爱的流淌

一缕霞光
披挂在爱人身上
顿感她——我心上的人儿
靓丽迷人丰润端庄
风情万种溢彩流芳
不再眉黛低垂
不再人老珠黄
令我情海涌动
叫我热血激荡
好一缕霞光
你是情的温床、爱的流淌

（2019.4.10 早）

和鱼儿说几句悄悄话

鱼儿
切莫惊慌切莫哀伤
我不会让你在我家待得久长
当然，也更不会把你弄到餐桌上
等到万物勃发
鸟语花香的时节
我会举家前往

把你送回生养你的地方
那里曾是你的欢乐园
那里曾是你的竞技场
那里有你朝夕相处的兄弟姐妹
那里有生养你的爹和娘
在那里你可以尽享大自然的恩赐
在那里你可以把美味佳肴品尝
在那里你可以嬉戏打闹
在那里你可以茁壮成长

（2019.4.10 早）

无题

凝视窗外
已是夕阳西下
一股温和的风
吹乱了我零散的记忆
和稀疏的灰发
我不再是校园里的娃娃
早已脱去童真和稚气
披上象征成熟的袈裟

（2019.4.23 下午）

无怨无悔

没有眼泪没有悲伤
没有抱怨没有颓废
只有一对长在身上的翅膀
不再等待禾生草长
不再等待鸟语花香
不再等待云开日朗
借夕阳余晖的一丝光亮
驾长风飞向远方

（2019.4.23 下午）

时光

它偷偷地来悄悄地走
它不会跟你并肩
也不会同你挽手
它只会在你脸上刻下
深深的褶皱
残酷吗？且闻月夜篱下
古筝悠悠

（2019.4.29 下午）

夕阳

知道自己的生命不会长久
尽可能把余晖洒播在大地上
让禾秧愈加茁壮
让百花愈加芬芳
留下一抹余晖，换取万众景仰
不信，你瞧——
它何时这样满面红光、霞彩万丈！

（2019.4.29 下午）

春雨

淅沥沥轻柔柔
滋润着干裂的禾田
哺育着杨柳的枝头
春桃含羞笑，小草喜泪流
就连春寒乍暖的河床
也敞开温情的胸口
一路欢歌，奔向沃野田畴

（2019.5.5 早）

无题

不畏崎岖坎坷
无惧酷暑严冬
哪怕刀劈斧砍
也要自信从容
不谈失败
砥砺前行
待到冰天雪地时
且看梅花红

（2019.5.10 早）

总有一天

总有一天
我还会登上昨天的舞台
把失落掩埋在那里
把喜悦高高地擎起来
在掌声的簇拥下
把胜利揽入怀

（2019.5.10 早）

一位落伍者的自白

我原以为在领跑这个时代
可哪想到领跑者已到下一个站台
他们在那里焦急地等待着我
且大呼我的乳名
你怎么还不上来
我顿时幡然醒悟
我已失去了昨日领跑者的风采
是失败吗？不
只因我放慢了脚步——
没有跑起来

（2019.5.10 早）

我是一颗划破夜空的流星

假如我是一颗划破夜空的流星
我要用宇宙的尘埃点燃激情
哪怕只有瞬间的生命
也要给人间留下美丽和光明
我就是一颗划破夜空的流星
我要用我的激情点燃岁月
哪怕是雨打风吹、电闪雷鸣
我也绝不会改变我的忠贞和赤诚

呼噜

夜深人静
呼噜偷偷地从门缝挤进房间
时而婉转悠扬
时而高亢奔放
时而悄无声息
时而淋漓酣畅
吓跑了我的倦意
直至黎明爬上树梢
它才悄悄溜走

为于海河而歌

海河，请允许我叫您一声哥哥
虽然我不认识您，您不认识我
可我们的工作履历啊，真的差不多
从学校到机关，从三尺讲台到田园村落
做过一样的工作，干过一样的活
可我呀，足足落后您一大截
您恪尽职守，爱岗敬业
为了旱改水，您头顶烈日，脚踏积雪
东跑西颠，劳碌奔波
为建合作社，您运筹帷幄

呕心沥血，不辞辛苦走千家
挨门逐户做工作
为争取项目资金，风餐露宿，忍饥挨饿
渴了，渴口矿泉水
饿了，啃块干面馍
为示范区开发建设
您废寝忘食，披星戴月
既当指挥员，又当战斗者
为了固险堤，为了降洪魔
您在百里河堤，一干就是三天三夜
星月为灯，堤坝当舍
您伸张正义，鞭鞑邪恶
为农民兄弟撑腰，为基层干部掌舵
不向持刀者低头，不惧恶势力恐吓
海河，我的好哥哥，您虽然匆匆走了
没捧走一把泥土，没带去一棵秧禾
您那高尚的情操、可贵的品德
永载千秋，名垂史册

（2014.4.12 下午）

夫妻

宛如一对棒打不散的鸳鸯
又如一双朝夕相伴的手
寒来暑往不离不分
从春到秋相伴相守
幸福长依依
温馨互左右

舌头

它藏在嘴里
时而探头探脑
时而静无声息
可你不要认为它胆小如鼠
软弱可欺
它如果和嘴联手
它可以把你捧上天堂
也可以把你打入地狱
它能呼风也能唤雨
它如果宰杀你
决不留一点血迹

切莫

切莫惆怅切莫忧伤
尘埃禁不起劲风
夜雾见不得晨光
飞燕经得起雨打
寒松耐得住冰霜
人间纷繁事
办好每一桩
切莫停留切莫彷徨
流言写不出美妙的音符
假话弹不出动听的乐章
站稳你的脚跟
挺直你的脊梁
人生大小事
办好每一桩
切莫懊悔切莫沮丧
勤廉留青史
是非有短长
功过后人说
责任有担当
莫问多少事
办好每一桩

晨光

您是光明的使者
您是生命的产房
在您的沐浴下
大地更加婀娜多姿
禾苗格外蓬勃茁壮
放慢您的脚步吧
看一看街巷车流的奔忙
放慢您的脚步吧
听一听林中百灵的歌唱

（2018.11.7）

雪

你从上苍走来
带着吉祥带着圣洁
飘向群山洒遍田野
用你那白玉般的身躯
装扮七彩的园田
滋润绽放的花叶

（2018.11.17 清晨）

麻雀

你虽然长得弱小，
可你一天到晚啊，
总是蹦蹦跳跳，
有说有笑
房前藏娇
屋后筑巢
与自然休戚与共
与人类和睦友好
来！麻雀
我要把你仔细瞧一瞧

（2018.12.3）

感伤

虽然一夜未眠
可我没有一点倦意
于是我对松柏说
是什么让我如此伤感失意
松柏低垂
默默无语
一阵凉风袭来
似乎在抚摸着我的脸颊

帮我擦拭眼角的泪滴
鼓励我振作精神
鼓起勇气
总有一天会找到爱的真谛
我对大海说
是什么让我如此感伤失意
海浪声声
似乎在安慰我
不要太在意
随着时光的流逝
一切都会慢慢过去
打开你记忆的闸门吧
让所有的感伤失意
随波而去
重新去寻属于你的那片
圣洁的领地
我对白云说
是什么让我如此感伤失意
白云悠悠
动感惬意
并送来青丝一缕
悄悄告诉我
感伤会匆匆来
也会匆匆去

（2018.12.4）

冬野

虽没有春天的生机勃勃
夏天的激情火热
秋天的姹紫嫣红
累累硕果
但您处处彰显的
都是大自然的底色
玉树琼花
银妆素裹
大爱无私
波澜壮阔

（2018.12.10）

无题

我天天这样
起来下床
吃点早点
匆匆忙忙
孰不知
我对提升和进步的渴望
读大学时
我曾畅想

何时我能丰满羽翼
在广阔的天空中翱翔
在蔚蓝的大海上荡漾
步入社会后
我又在期盼
何时我能超越自我
吐露芬芳
干出一番事业
实现自己的理想
点燃希望的火种
托起明天的太阳

（2018.12.10 午）

无题

虽已至隆冬
不见梨花容
待到瑞雪纷飞日
方显原驰梅花红
千山失秀色
万木不争荣
但等玉树琼花开
再看龙江舞玉龙

（2018.12.11）

犁

世世代代耕耘不息
祖祖辈辈不离不弃
让荒野变成良田
让沙漠变成绿地
你用你那勤劳的手
粗壮的笔
尽情描绘大自然的
光彩靓丽
美妙和神奇

（2018.12.14）

泪

你偶尔挂在嘴角边
也时常流淌在情感里
你是喜怒哀乐的外象表露
也是多愁善感的内在传递
你是幸福的激情绽放
欢乐的热情洋溢
也是痛苦的决堤迸发
悲伤的交加肆意

（2018.12.15）

等待

默默地静静地
期盼着春的百花盛开
真真地切切地
渴望着秋的迷人风采
为了那一天
为了那一切
哪怕是鬓发斑白
哪怕是肺竭心衰
只要一息尚存
决不改变我的
初衷和情怀

（2018.12.30 早）

暖冬

您拍打掉身上的积雪
抖落帽檐下的冰霜
抱着回春的娃娃
走向远方
看吧，大地提前脱去冬装
听吧，喜鹊早早站在枝头
那些冷僵的老榆树哟

也早早开始打扮梳妆

（2019.1.2）

梦

是静深的冥思
也是情感的流淌
是憧憬的编织
也是心花的绽放
有时您载着美好和希望
在浩瀚无垠的大海上
远航
有时您也背着痛苦和忧伤
在广袤无边的荒漠中游荡

（2019.1.3 早）

背影

是那样的靓丽
那样的俊俏
留给我的是无尽的遐想
和静深的思考
请你回回头

冲我招招手
笑一笑
背影是动感的花枝
光彩在脑海中萦绕

（2019.1.8 晚）

褒奖

褒奖
是最好的精神食粮
有了它
人不再饥肠辘辘
食不果腹
前腔塌后腔
褒奖
是最好的吉药良方
有了它
人不再烦郁忧伤
萎靡不振
徘徊彷徨
褒奖
是最好的助力剂
有了它
人就会乐思向上

容光焕发
神采飞扬

（2019.1.9 上午）

晨起

晨起早
西风烈
举头正视霜晨月
霜晨月
星移斗转
花开花谢
雄鸡晓
如晨乐
漫步长街激情却
激情却
五洋捉鳖
九天揽月

（2019.1.10 晨）

回味

可能是甘甜
也可能是无味
可能是苦涩
也可能是沉醉
可能是一杯美酒
也可能是一瓶花露水
可能是花
也可能是蕾
有时会令你激动不已
夜不能寐
我爱春的明丽
夏的妩媚
秋的丰实
冬的俊美
总而言之
不管怎么说
走过的路
做过的事
我从来都是无怨无悔

（2019.1.11 晨）

盼

明媚的初春
水清天蓝绿海无边
柔情的阿妹
站在家门孤树前
眺望辽阔的大草原
心海涌动思绪映眉间
久久驻足望眼欲穿
热血激荡泪溅衣衫
手扶孤树放开歌喉
唱出对情哥哥的思念
情哥哥啊
你为何久去不回还
你可曾想到
阿妹此时多孤单
我多想化作一缕和煦的风
或是一只远飞的雁
回到你身边
给你捶捶背
为你揉揉肩
替你分一分忧愁
同你渡一渡难关
与你共甘苦为你遮风寒
远山听了为之感动

肃立静观
冰雪听了为之动容
泪流潺潺
百花听了为之动情
争芳吐艳
莺燕听了为之动心
低空盘旋
好一道凄婉的风景
好一幅柔美的画卷
怎不叫人心碎
怎不令人流连

（2019.1.13 午）

静

午夜的大街小巷
看不到一辆出租车的身影
忙碌了一整天的信号灯
也懒得眨一下睡意蒙眬的眼睛
寒切切，冷冰冰
仿佛地球也停止了运行
那些活泼好动的柳树梢
此时也没有了白天的激情
万籁俱寂

只能听见亮晶晶，轻盈盈的
雪花落地声

（2019.1.15 早）

雪夜

静悄悄轻柔柔
月光亲吻着沉睡的大地
寒风抚摸着杨柳的枝头
冷冰冰凉飕飕
人不走车不动
商铺关门
唯有街旁的路灯
一眼不眨地默默守候
待到鸡鸣拂晓时
您再看
满眼是银装素裹
处处是玉树琼楼

（2019.1.19 拂晓）

福满人间

不是福不到
就是人不俏
待到佳节临近时
她在人间笑
笑是为迎春
只把恩情报
待等山清水秀时
万民齐欢笑

（2019.1.19 拂晓）

府院夜景

辍笔窗前站
一片花枝艳
七彩灯光映夜空
令人眼花乱
府院人如流
只缺南飞雁
待到春归雪化时
且听枝头唤

（2019.1.23 晚）

喜悦

它涂抹在人们的脸上
也装进人们的衣兜里
它游曳在人们的欢声笑语声中
也流淌在人们内心深处的情感里
那蹦蹦跳跳的娃娃
那笑逐颜开的老人
那悦耳动听的锣鼓声
那欢乐奔放的唢呐曲
叫人陶醉
令人沉迷

（2019.1.31 晨）

守望

为了那一天
为了那一刻
草儿黄了又青
麦儿青了又黄
为了那一天
为了那一刻
我曾茶不思
饭不想

忧虑郁闷
黯然神伤
为了那一天
为了那一刻
我不怕风吹雨打
鬓发染霜
身躬背驼
地老天荒

（2019.2.1 晚）

乡愁

打小我们就曾一起走
不是一前一后
就是一左一右
从未分过手
从自家院到校门口
从校门口到田间地头
从春到夏
从夏到秋
不离不弃
有福同享
有难同受
荣辱与共

风雨同舟
成了知心伙伴
同窗室友
夏日热了下河洗个澡
冬天冷了跺跺脚搓搓手
一天从早到晚
叽叽喳喳
无忧无愁
长大了
你步入了大学殿堂
我在家为乡村经济发展献计出力
你远渡重洋探求知识
你学成回国成为医疗战线的
一名神刀手
我十几年如一日让荒丘变成绿洲
到如今
我是身躬背驼
你是皱纹爬满额头
我是步履蹒跚
你是轮椅度春秋
可我们无怨无悔
因为经过几代人的不懈努力
中华民族已经挺起胸昂起头
现如今
我们的儿孙传承了我们的基因

接过我们的镰刀斧头，一如既往
不折不扣
万众一心
敌忾同仇
大步流星朝前走
火红的太阳普照神州大地
恩泽炎黄万代千秋

（2019.2.3 晚）

春天来了

一股温馨的风吹来
冬仿佛听到了春的脚步声响
于是他悄悄地脱去浓装
偷偷地溜走了
溜到了一个让春无法触摸的地方

（2019.2.5 早）

春归

听到春归的消息
冬备感神伤
匆匆忙忙收拾行囊

走向远方
不信你瞧
那哗哗的小溪
正是冬感伤的泪水在流淌

（2019.2.5 上午）

家

家是温馨的港湾
没有硝烟、没有激战
没有抱怨、没有负担
处处充满阳光
处处充满爱恋
家是人生的驿站
有柴米、有油盐
有疼爱、有温暖
包容你的任性
理解你的艰难
瞧不见孤单、看不到冷脸
处处洋溢欢乐
处处都是乐园

（2019.2.12 早）

云

您从上苍走来
千姿百态是您的风采
千变万化是您的能耐
说走就走
说来就来
您从上苍走来
大气磅礴是您的做派
遮天蔽日是您的气概
说走就走
说来就来

（2019.2.13 晚）

梦

你拽碎了我的美好记忆
撕破了我的华丽衣裳
让我在漫漫长夜里
怅然若失
看不到一丝黎明的光亮

（2019.3.5 早）

无题

拥抱成了高扬的帆
亲吻成了远征的船
越走越远
越来越难
失去的不会再来
过往的不只是云烟
还有色彩斑斓的记忆
扑朔迷离的梦幻
弯弯的月亮
朗朗的云天
夕光下的蛙歌
篱影里的鸣蝉
湖中的鸳鸯鸟
草中的并蒂莲
儿啊，你听爸爸说
儿啊，看着你日益憔悴的面容
我的眼圈再一次泛红
记住吧，这个惨痛的教训
无论做什么事
都要三思而后行
千万不能一时冲动
冲动是魔鬼
冲动付出的代价太过沉重

儿啊，望着你远去的背影
我的眼圈再一次泛红
怜悯之情在我的内心油然而生
儿啊，爸爸从来没打过你
现在打疼了吗
一定疼，因为爸爸出手太重
爸爸都是为了你好
为了家族兴盛繁荣

（2019.7.24 晚）

我们一路同行

把你写入我的日记里
是为了加深我的记忆
让那笔端的情思
永远定格在时空里
把你装进我的衣袋里
是为了经常能看到你
让你与我风里来雨里去
相偎相依不离不弃
把你装在我的脑海里
让你那温馨甜美的话语
永远在我的情感世界里
飞驰荡漾

把你留录我的手机里
让你那俊俏的容颜
靓丽的身影
永远伴我一路同行，芳香四溢

（2019.7.21 午）

雨后

烟波连云天
鹂鸣苇丛间
待到云开日朗时
红蝶尽翩跹
莺歌燕雀欢
花美草芦鲜
远游侄儿归来早
把酒畅心言

（2019.7.7 早）

傍晚

它把最后一抹余晖收走
一瞬间
又把怀里的灯火

洒向人寰
不信，你瞧
无论是繁华的都市
还是偏僻的乡村
到处是星光闪耀
遍地是五彩斑斓

（2019.7.4 早晨）

炊烟

它从城市乡村沃土田园
爬上云天
没有一丝哀愁
没有一丝眷恋
只是升腾向前
与清风拥抱
与云霞欢颜
把灰尘送出天外
把温情留给人间

（2019.7.4 早晨）

和风

和风为夏日
披上了美丽的外衣
蝶舞蜂飞
花芳草盛
等秋天一到
外衣一抖
立时五彩缤纷
瓜果遍地
这就是和风的魅力和神奇

（2019.6.29 晚）

沉醉

撕破了黑暗
把光明送给人间
鸟儿为之雀跃欢呼
花儿为之争芳吐艳
草儿为之生机勃发
蝶儿为之舞动翩跹
看吧
牧场上的牛羊
云空中的飞燕

公园的游人
乡村的景观
构成了一道亮丽的风景
一幅壮美的画卷
听吧
那沸腾的建设工地
那悦耳的潺潺溪水
那动听的和风细雨
那诱人的蜜语甜言
仿佛是一个庞大的交响乐团
在地球大舞台上进行恢宏展演

（2019.6.23 早）

奉献

青春奉献给岁月
才智奉献给创造
我的朋友
我拿什么奉献给你
温馨奉献给家庭
爱心奉献给社会
我的朋友
我拿什么奉献给你
孝顺奉献给父母

忠诚奉献给祖国
我的朋友
我拿什么奉献给你
阳光奉献给禾苗
雨露奉献给禾苗
阳光奉献给大地
激情奉献给事业
我的朋友
我拿什么奉献给你

（2019.6.22 早）

正值花儿红

今天你又远行
正值花儿红
山高水长路不平
愿你多保重
记得那年初相识
也是花儿红
花红草美情意浓
祝你快乐轻松
喝喝矿泉水
练练跆拳功
洗洗凉水澡

望望五池空
身轻似云燕
貌美如芙蓉

（2019.6.20 早）

喜悦

时常抹在脸上
时常飘逸着时间
与欢乐常相依
与温馨共枕眠
比米酒清香
比瓜果甘甜
比春风还醉人
比鲜花还灿烂

（2019.6.18 下午）

一把花折伞

一阵劲风
把亮丽的花折伞掀翻
原来是一对鸳鸯在花折伞下
窃窃呢喃

鸳鸯飞走了
飞向遥远的天边
只有花折伞孤苦伶仃地
斜卧在小路边
日月如梭
光阴荏苒
那把原本亮丽的花折伞
渐渐失去昔日的容颜

（2019.6.13 早）

丽馨

您是一双无形的翅膀
帮我把志念托起
并让志念放射出
亮丽的光芒
您是一张催生的温床
帮我把鲜活擎起
并让鲜活迸发出
生息的光亮

（2019.6.8 午）

夏

您虽没有严冬的凛冽、婀娜
金秋的浓艳、丰硕
可您靓丽、蓬勃、炽烈、婆娑
光彩照人激情似火
花枝招展壮美山河
只要有您在
地球才不会人老珠黄
人类赖以生存的空间
才不会腐朽衰落

（2019.6.4 早）

浮云

你不能给人们带来雨露
更不能带来阳光
你始终是神气十足
高高在上
没有主见更没有立场
有时随波逐浪
有时趾高气扬
像个不懂事的娃娃
没有忧伤没有惆怅

我瞧不起你啊——浮动
因为你没有立场

（2019.3.14 早）

都是你

捧在我手掌中的——是你
装在我心窝里的——是你
居住在我睡梦中的——是你
走进我生活里的——还是你
不离不弃的——是你
难舍难分的——也是你

自白

多少次
我都想放下柔情的笔
可你总是在不经意间
闯进我的思绪里
割也割不断，挥也挥不去
微笑的你风度翩翩，激情四溢
多少次，是放不下的你
总出现在我的梦境里
相拥相依，窃窃私语

永恒的记忆

通往田野的羊肠小道
讲述着昔日主人的辛劳
一串熟悉的脚印
是清晨的霞光万道
那仍旧摆在书桌上的座钟啊
如同昔日的主人一样
也停止了心跳
可妈妈虽然离开我们十个春秋
她的音容笑貌啊
还清晰地印在我的脑海里
擦也擦不去，抹也抹不掉

云彩

您从上苍走来
您有千变万化、千姿百态
说走就走，说来就来
大气磅礴是您的思路
遮天蔽日是您的气概
说走就走，说来就来
您真诚的泪水
荡涤了世俗的尘埃

思念

我是一只彩蝶
飞到你身边
携带着梦的花海
在春的世界里翩跹
我是一颗流星
将爱恋点燃
让炽热的火花穿越夜空
激情的烂漫照亮心中的黑暗
我是一只雄鹰
带着祝福与期盼
在你辽阔的晴空翱翔
飞向人生理想的彼岸

柳树

沐浴着温馨的风
舒展你那柔情的手
去拥抱春天
去装点神州

天·海·山

天
广阔无际，蓝色湛蓝
怀抱神州，满载人间
海
浩瀚无涯真豪迈
真豪迈气吞江河，波涛澎湃
山
巍然屹立天地间
天地间
壮志凌云，一飞冲天

小溪

沐浴着融融的春意
敞开你那温情的胸口
把你那甘甜的乳汁
注入田间地头

劲草

劲草——
虽没有魁伟的身姿，
可却有倔强的性格。
顶烈日，
迎风雪。
英姿飒飒，
生机勃勃。
劲草——
虽没有妩媚娇贵的天性，
却有朴素无华的品德。
只求奉献，
不图奢华。
哪怕只有一叶绿色，
也要为装点和改造自然尽一份职责。

秋日的思索

一阵飒飒的秋风
拂去了绿野的倩影
玉米含笑
稻谷喜盈盈
好一派迷人的秋色

好一幅烂漫的彩景
一滴汗水一滴收获
一分勤劳一分收成
汗水与收获成正比
勤劳与收成同根生
没有汗水就没有收获
没有勤劳岂有收成
累累的硕果
是耕耘者血汗的结晶
丰收的田野
是奋斗者再造自然的见证

国旗下的遐思

“起来，不愿做奴隶的人们，
把我们的血肉筑成我们新的长城……”
每当听到这雄壮激昂的乐曲，
眼望冉冉升起的鲜红国旗，
我总是夜难眠、情难抑，
心潮澎湃，激动不已……
循着中华民族前进的轨迹，
我看到——
周文雍一代人杰，
含笑刑场，慷慨就义；

为了鲜红的国旗，
歌乐山下的烈士们，
血染黄土，宁死不屈……
从刘胡兰到赵一曼，
从夏明翰到杨靖宇……
成千上万的华夏儿女，
有的坐穿牢底，
有的肝脑涂地……
鲜红的国旗啊，
记载着一个古老民族的悲壮履历，
鲜红的国旗啊，
镌刻着无数英烈可歌可泣的丰碑印记……
国旗是战斗的号角，
唤醒了人们奋起抗击；
国旗是前进的航标，
激励着人们求索进取；
国旗是燃烧的火炬，
预示着一个古老民族的复兴和崛起……

送别

兴华啊，兴华，
我们就要分手，
即将走上不同的工作岗位，

要迎接新的战斗。
十年来，
我们一起学习，
一同研究，
有乐共享，
有难同受。
结下了深厚的友谊，
成了亲密的伙伴，
知心的朋友。
此时，我要对你讲：
你无论走上哪个工作岗位，
都要牢记老师的教诲——
“努力学习，忘我工作”
为祖国早日实现现代化，
勇敢地战斗。
兴华啊，兴华。
不管我们相隔多么遥远，
我们都是息息相通，心心相连，
都是为了一个共同的宏伟目标，
不息地奋斗。
再见了，兴华，
再见了，伙伴，
再见了，我的知心朋友！

（1982 年元旦）

春雨

啊，春雨，
你宛如细丝又如花针，
滋润着干裂的大地，
润泽着初嫩的秧苗。
顿时大地披绿色，
秧苗换新衣。
啊，春雨，
你来到哪里，
哪里就呈现出一派繁荣的绿色。
你来到哪里，
哪里就爆发出极强的生命力。

志在四方

黑龙江
您是生我养我的地方
土地肥沃
遍地牛羊
上有无边无际的林海
下有无穷无尽的宝藏
黑龙江
你是生我养我的地方

为了您的美丽富饶和昌盛
我要永远守候在这片土地上

老山

不是因为您四季如春
风光无限
而是因为您位于战争的前线
中华民族的兴亡
十亿人民的危安
都与您紧紧相连
啊　老山
作为我们九十年代的青少年
时刻准备着
为了祖国和人民把青春奉献

志在沿海

我不是想去那欣赏迷人的风光
和澎湃的海浪
而是为了繁荣祖国的经济
促进改革的进一步开放
奉献我的全部热和光

和发达国家争一争高低
和外国人较量较量

志在西北

我不是因为您
瓜果味美芬芳
而是因为您
沃野千里
碧波荡漾
牧场座座
牛肥马壮
啊　西北
作为我们九十年代的青少年
我甘愿驰骋在您的千里牧场

思念

长发的天哪虽和津河一样的蓝
长发的水哟虽和津河一样的甜
长发的人啊虽和津河一样的好
长发的月呀虽和津河一样的圆
可无论如何

也挥不去我对你们的思念
又是一个不眠之夜
又是一次梦游情牵
好在我们相隔不是太远
好在我们月圆时能够相见
否则我定会解甲归田
回到你们的身边
回到我所热恋的故土田园

牛郎织女

在很古很古以前
有一位自幼失去父母的少年
他身受兄嫂的虐待
吃剩饭
穿破衫
白天他与牛儿相伴
夜里他与牛儿同眠
他让牛儿食嫩草
他让牛儿饮清泉
他哼小曲没人听
牛儿常常把头点
日复一日
年复一年

牛郎渐渐长成人
狠心兄嫂霸家产
只给牛郎一头牛
威逼牛郎离家园
牛郎别家泪如雨
踏泥路
越群山
来到异地建家园
日落西山繁星点
忽闻牛棚低声唤
牛郎回身四下寻
牛儿欣然开口言
这般如此
如此这般
牛郎听后不待慢
次日凌晨上了山
穿树林到湖边
果见仙女降人间
又是说又是笑
尽情蹁跹在湖间
牛郎莫忘牛儿嘱
忙捡粉纱入林间
不多时
仙女纷纷上了岸
各自整装要回天

顷刻又闻惊声唤
我的衣裳怎不见
牛郎听罢步出林
恭恭敬敬答了言
姑娘衣裳在这边
仙女穿上粉纱衫
手理秀发吐真言
我是王母外孙女
专织彩锦装蓝天
身在机房昼夜转
终日好似狱里关
人人都说天上好
天上怎比人世间
牛郎听罢诚言劝
天上既然无自由
那还不如留人间
你织布我耕田
我愿和你结良缘
织女听罢应声赞
二人双双把家还
婚后生活很美满
织女织布
牛郎耕田
不怕劳累
你勤我俭

转眼之间
已过三年
生了一女
添了一男
一家四口
有吃有穿
生活美满
其乐无边
人人都说天上好
天上怎比人世间
一日牛郎去喂牛
忽见牛儿泪涟涟
口打咳声开了言
我已享尽人间乐
该辞人间入黄泉
我死之后莫思念
剥下我衣留身边
遇有急事忙披上
逢凶化吉事周全
搁下世间先不表
腾云驾雾九重天
仙女下凡洗澡事
王母娘娘全得见
一惩回天众仙女
二恨织女留人间

撕肝裂胆恼羞怒
咬牙切齿出狠言
不管织女藏何处
东海底
泰山间
定把织女捉回天
于是布下天罗网
天兵天将入人间
处处访
事事观
最后知晓细根源
王母得知织女事
怒气冲冲到人间
抓起织女她就走
怎容织女倾真言
白云悠悠天边去
大海声声起波澜
织女顿时泪如雨
撕心裂肺肝肠断
牛郎知晓家中事
辍耕匆匆把家还
身披牛衣两儿担
风尘仆仆上了天
眼看夫妻要相见
狠心王母挥玉簪

一道天河中间现
碧涛滚滚波浪翻
从此二人良缘断
苦苦相望天河边
织女虽然受了惩
追求自由心不变
狠心王母拗不过
允得每年七七见
七月七
雨绵绵
喜鹊纷飞九重天
彩桥飞架天河上
夫妻二人倾心谈
人人都说天上好
天上怎比人世间

（附记：根据初中教材的同名民间故事改编）

爱的呼唤

不管你面对的是高山还是大河
是林海还是村落
你能否大胆地诉说你爱我
切记呀
不要让羞涩的墙挡住你

也不要让世俗的枷锁套住我
爱就爱得热烈
爱就爱得赤裸
千万不能待我将爱燃成灰烬
才唱出你献给我的恋歌

喝彩

红石砬山为我们喝彩
折下两枝松柏
一枝送给你
一枝送给我
祝福我们青春永驻
友好往来
克音河为我们喝彩
斟满两杯“绥棱白”
一杯敬给你
一杯敬给我
祝福我们家庭幸福
生活愉快
张维人为我们喝彩
采摘两束鲜花
一束献给你
一束献给我

祝福我们事业温馨
多姿多彩
那冬　那春节
朔风吹　年关到
瑞雪飞梨花俏
扫除送灶神
碾米包豆包
杀猪又宰羊
明烛黄纸烧
少女着艳装
老姬穿新袄
大叔跑旱船
小伙踩高跷
春联福字门上贴
篱院茅屋分外娇
烀肉炖排骨
煎鱼炒粉条
焚香祭宗祖
叩拜家族老
鞭炮震天响
礼花腾云霄
人人笑颜开
个个喜眉梢
家家迎财神
户户闹通宵

（2020.1.9）

西边的云霞

又快过年啦
我久久凝视着西边的云霞
再一次想起了妈妈
那云霞
就是妈妈穿着的衣纱
不知不觉中
眼角里滚下了两串泪花
怀念的情思如脱僵的野马
飞奔海角天涯
记忆的闸门似滚滚的巨流
飞泻直下
一次我在树上玩耍
妈妈在树下缝补衣褂
一阵大风刮来
吓得我浑身发抖
死死地抱住树干
哭喊着叫妈妈
妈妈急忙放下手里的针线活
把我从树上抱下
别怕，别怕，跟着妈妈穿衣穿袄回家
久久地不肯把我放下
妈妈走了
我时常凝视天边的云霞

久久地不肯离去
直至夕阳西下
收走最后一丝光华

（2020.1.17 晚）

老家屯东的小树林

老家屯东的小树林
给儿时的我留下了太多的影像
不圆也不方
不短也不长
南邻人工河
北挨土木桥
西靠农家院
东接小池塘
春天闻鸟语
夏日嗅花香
盛秋品野果
隆重赏冰霜
那是我儿时的欢乐园
也是我学时的竞技场
我和伙伴们曾在那里摸过鱼
也曾和同学们在那里捉过迷藏
…………

我是那里的常客
在那里我待的时间比家还要长
如今的小树林没了
原本郁郁葱葱
遮天盖地的小树林
却变得杂乱无章
寂寞荒凉的土石场
一道原本亮丽的风景
却变成了这般凄惨的模样
没有了昔日的鸟语
失去了昨天的花香
人不来树不长
偶尔能见到人迹
听到莺歌
那都是过往
为这
我不止一次在那儿驻足沉思
也不止一次在那儿叹息神伤
四十年的艰辛历程
四十载的风雨沧桑
让我深切感悟到
人类与自然和谐共处
是何等的重要
何等的让人挂肚牵肠

（2020.2.1）

牵挂

牵挂
是心中的一个结
无论是迷人的春秋
还是圣洁的冬夏
无论是风吹
还是雨打
它始终不会遗失
也从来也不会把它丢下
牵挂
是一支无言的笔
流淌出来的是一根根柔美情丝
绘就的是一幅幅风景图画
剪也剪不开
放也放不下
牵挂
是一条无形的纱
一头牵着我的手臂
一头系着你的衣褂
剪也剪不开
放也放不下
牵挂
是一缕多彩的霞
时常扶摇云空

偶尔浪迹天涯
剪也剪不断
放也放不下
牵挂
是一壶清纯的酒
倾注出来的都是幽香
散发出来的都是光华
剪也剪不开
放也放不下

（2020.2.2）

黎明

你从漫漫的长夜中走来
洗去冷寂的墨色
给人们带来的是鲜亮的风采
你从朦胧的月色中走来
揭开微茫的面纱
给人们带来的是清朗的风采
你从弥漫的阴霾中走来
荡涤世俗的尘埃
给人们带来的是明丽的风采
你从人们的心海中走来
除掉人们心灵深处的污垢

给人们带来的是激越豪迈的风采
你从人们的酣睡中走来
丢去梦幻的空想
给人们带来的是践行的风采

（2020.3.15）

小巷

一头被封堵了的
半截小巷
真的成了死胡同
人不来车不往
立在巷子一边的
几棵老榆树
一动不动
似乎就像木桩子一样
尤其是夜晚
你就更难见到人影
和光亮
仿佛这里成了
被人们遗忘的地方
不过这里
唯一能让你感受到的
是从鲜花店门缝里溢出的

那么一丁丁点
淡淡的幽香
不短也不长
足够让你如醉如痴
心花怒放
就这么一丁丁点
淡淡幽香
就会让你体验到
小巷还活着
它还有生命的迹象

（2020.3.15）

孤柳的心事

一阵和风吹来
独立荒野上的孤柳
顿感黯然神伤
它一声不响地
悄悄把春装换上
和它一起来到这的小伙伴
一个个都走了
有的去了都市
有的去了山庄
有的去了公园

有的去了农场
…………
唯有它被留在了这个
夏日野草丛生
蚊虫叮咬
冬天寒风刺骨
白雪茫茫
是它不漂亮
是它不茁壮
不!
是因为它心地善良
同情人们的饥苦和忧伤
过早把红丝带系上
打那时起
它就再也不是
一棵普普通通的柳树
变成了
一个人们祈福平安
保佑生灵的地方
年年岁岁都有人
到它这儿祈祷
岁岁年年都有人
到它这儿焚香

（2020.3.21）

走进春天

我把寒冬揣进衣兜里
提着新春
走进田野
田野向我招手
让我与它把生机分享
把希望品尝
走进村庄
村庄向我招手
让我与它把风情分享
把繁荣品尝
走进都市
都市向我招手
让我与它把繁华分享
把多彩品尝
走进牧场
牧场向我招手
让我与它把美丽分享
把广阔分享
走进林海
林海向我招手
让我与它把浓郁分享
把繁茂品尝
走进海岛

海岛向我招手
让我与它把空阔分享
把碧朗品尝
走进峡谷
峡谷向我招手
让我与它把奇幻分享
把豁然品尝
走进公园
公园向我招手
让我与它把温馨分享
把欢乐品尝
噢
我走到哪里
哪里就呈现出生机勃勃
繁荣兴旺

（2020.3.23）

脚印

你有圆也有方
你有短也有长
你有深也有浅
你有暗也有亮
你有时印在河滩

也有时印在山冈
你有时印在荒野
也有时印在街巷
你有时印在林海
也有时印在草场
你有时浪际天涯
也有时遍及城乡
你有喜怒哀乐
愉悦和惆怅
也有悲欢离合
欣慰和忧伤
印在河滩
你不是为了随波逐流
而是为了积蓄力量
印在山冈
你不是为了游山玩水
而是为了眺望远方
印在荒野
你不是为了拈花惹草
而是为了放飞希望和梦想

（2020.3.24）

堤柳

无论是冬夏还是春秋
你始终是在长堤上固守
不论是年少还是老朽
你始终是神采奕奕精神抖擞
不怕劲风吹不畏怒涛吼
为了千顷良田为了万亩平畴
你从未向河匪滩霸弯过腰
也从未向凶恶势力低过头
为了捍卫你的领地
你与人类同风雨
同仇敌忾并肩携手
即便到了风烛残年
哪怕是日暮黄昏后
你依旧是风度翩翩挺胸昂首
你性格既刚毅又仁厚
既侠义又温柔
为佑护生灵为装点神州
你默默奉献静静守候
为生灵遮风雨
为人们分忧愁
你有情也有意
你有血也有肉
花开的季节你亭亭玉立

冰封的时节你英姿俊秀
你知晓悲欢离合
你懂得爱恨情仇

（2020.3.26）

枯叶

一阵寒风袭来
穿着靓丽时尚的兄弟姐妹们
纷纷逃离家园
逃离生养它们的地方
只有它
孤单单地在那儿守望
即便是
霜来了它不惧
雪来了它不慌
它也没有心惊肉跳
徘徊彷徨
仍旧是神采奕奕
满面红光

（2020.4.1）

无调

风静凌空朗
水清青山秀
潮涌禾田鸿雁归
一睹桃枝秀
众友聚欢颜
知己晚来后
笑语欢歌舞姿扬
醉生河堤柳

（2020.4.1）

孤芳自赏

往事如烟岁月如歌
爱恨情仇悲欢离合
不怕风雨雷电
何惧坎坷挫折
门前看日出亭后睹月落
望天上云卷云舒
瞰堤下花开花落
忆往昔穷家子弟
清茶淡饭
粗衣补褂过生活

十年寒窗半学半农强力搏
乡村执教
育人教书一路歌
为政生涯
功过是非史评说
从容淡定不悲歌
人生事业
牢记初心尽己责

（2020.4.3）

蒸气

有时你顶天立地
有时你芳香四溢
有时你豪迈奔放
有时你温柔含蓄
你喜欢在多彩的大自然中
自由自在地云游
更喜欢在广阔的天地里
无拘无束地嬉戏
你不愿与红尘为伍
更不爱与雾霾相依
你有博爱的胸怀
时常化作甘露

把万物滋润
把众生哺育
让禾苗更加茁壮
让花朵愈加艳丽
你有迷人的风采
偶尔结成冰霜
晶莹剔透光鲜无比
纯洁无瑕美妙神奇
你懂得爱恨情仇
你平生行侠仗义
为了爱与恨
你能舍生忘死
肝脑涂地
为了情与仇
你不知付出了多少辛劳
流下多少泪滴

（2020.4.29）

希望

我一手托起心爱的孙儿
面朝火红的太阳
迎着灿烂的朝霞
走向远方

走向充满希望
充满欢乐
充满梦想的竞技场
让孙儿
在鲜花和掌声的陪伴下
健康快乐
幸福茁壮地成长

（2020.5.31）

禾苗

你从泥土中走来
奉献是你的初心
倔强是你的品格
蓬勃是你的风采
你虽没有花儿那样芬芳
草儿那样的刚毅
蚕儿那样的情怀
可你和它们一样
懂得感恩
懂得回报
懂得情爱
在阳光雨露和人类的呵护下
慢慢地走入时空

走向成熟
走进人们的心海

（2020.5.8）

这边风景如画

东方晓天色明
袅袅炊烟几多情
沧海阔柳丝盈
登高望远心绪平
青山远碧水清
沃野平畴风融融
蝶儿飞雀儿鸣
丁香花开草青青
春潮涌热浪兴
台台耕机垄上行
鸿雁归泪儿倾
捎来书信寄深情

（2020.5.15）

神伤

一条干涸的小溪
从近处伸向远方
伸向原野伸向村庄
星移斗转地老天荒
原野
再也看不到莺飞
再也见不到草长
映入您眼帘的是
静寂和凄凉
村庄
再也看不到昔日的生机
再也瞧不见昨天的风光
没了鸟语
也没了花香
映入您眼帘的是
静寂和凄凉

（2020.5.21）

路

路在脚下也在天上
可能有短也可能有长

可能有荆棘也可能有阻障
可能有剑影也可能有刀光
只要你不停歇
不畏惧不徘徊不彷徨
朝着一个目标奋力前行
你总能见到
胜利的曙光

（2020.5.21）

夜市

长长的
犹如一道亮丽的风景线
让人流连忘返
热腾腾的汤包
香喷喷的茶蛋
新鲜味美的海鲜
清凉爽口的冰点
变幻莫测的魔术
五光十色的衣衫
诱人的月季红
醉人的并蒂莲
街巷人潮涌
排档举樽欢

这是多彩的世界
这是锦绣的人间

（2020.5.22）

友谊地久天长

我扯断生活的缰绳
穿上华彩的衣裳
背起休闲的行囊
插上悠然的翅膀
飞向久违的地方
一路有说有笑
一路互帮互助
关爱装在兄妹的心中
微笑刻在姐弟的脸上
纯真话中流
呵护酒中藏
逛街一同去
观海一同往
我给你打打伞
你帮我照照像
风采留心里
靓丽跃纸上
情溢老龙头

意存闲亭上
银鸥海上飞渡
渔船水中荡漾
山楂红满枝头
海鲜装满箩筐
黎明看日升
胸襟更豪放

中秋望月亮

多么美丽的海滩
多么迷人的浴场
没有烦恼
没有忧伤
这里是七彩的世界
这里是锦绣的人间天堂

（2020.9.24）

疗养中心夜景

红透了的山楂果
映红了我的脸
月季花在泳池边绽放

山菊花在长廊下斗艳
庭院曲径通幽
青塘流水潺潺
明月松间照
牵牛柳梢连
锦鲤绕膝戏
金风催更眠
但愿人长久
千里共婵娟

（2020.9.25）

日出东方

鸽子岛
那是生灵的世界
海鸟的天堂
海岛上莺歌燕舞
堤堰上树郁花香
叫人心驰
令人神往
渐渐地慢慢地
日出的方向
由暗变白由白变亮
渐渐地慢慢地

一轮红日破雾而出
放射出万丈光芒
映红了无边的大海
也映红了人们的脸庞
酣睡的东山码头
转瞬间
呈现出生机勃发的景象
冉冉升起的红日
光彩照人的东方
我心潮澎湃豪情万丈
我们的祖国
就如同喷薄而出的红日
永远充满生机和活力
永远令世界瞩望

（2020.9.26）

风含笑　水含情

你是那样美丽
那样年轻
你是那样开朗
那样热情
你是那样聪慧
那样机灵

风为你含笑
水为你含情
来时的前夜
为将和你结伴同行
我兴奋得一夜
没眨眼睛
归途的列车上
我不止一次地默念
时间能否倒流
列车能否逆行
风在为你含笑
水在为你含情

（2020.9.28）

悔恨的泪

夜深了
可你依旧在
痴情地流淌
润湿了我的嘴角
也润湿了我的衣裳
月光下
滴滴泪珠
折射出的光亮

映红了我的脸庞
也映红了我的胸膛
我双手合十
祈求月亮
也祈求上苍
能否帮助我
让心上离去的背影
再次回到我的身旁

（2020.10.2）

不会从头再来

时至午夜
我仍旧捧着手机
痴痴发呆
就像断线的风筝
上下摇摆
更像霜染的青菜
无精打采
我举头凝望
浩瀚的夜空
尽力搜寻你的光彩
见不到了
悲悔交加身心碎

无语凝咽泪自来
遥想那一年的冬天
幽径上漫步
碧浪中抒怀
我们是何等
快乐温馨
何等幸福满怀
今天
这一切
似乎都成了过眼烟云
永远不会从头再来

（2020.10.2）

寒露

暖流哪儿去了
暖流捎话说
它正在南下的征途上
和风哪儿去了
和风告诉它
它正在入关的列车上
想当初
是何等惬意
何等风光

现如今
丰韵已逝
满面憔沧桑

（2020.10.5）

枫叶的情怀

大路旁长亭前
山冈上禾田边
一棵棵一点点
一排排一片片
艳得似火美得如焰
映红了峻岭映红了河滩
映红了平野映红了田园
萧瑟秋风过枫叶舞蹁跹
漫山层林染遍野激情燃
在这里我找到了
绚丽与娇艳
丰实与灿烂
即使到了生命的尽头
也要努力画出亮丽的弧线
寒袭肤色靓
霜击更美颜

（2020.10.5）

情

浓浓的淡淡的
有时近在咫尺
有时远在天边
有时朝夕相拥
有时藕断丝连
真真的切切的
有时你挂在嘴角
有时你藏在心间
有时叫人牵肠挂肚
有时让人涕泪涟涟
美美的甜甜的
有时与长久相依
有时与瞬息擦肩
有时叫人心花怒放
有时让人梦萦情牵

（2020.10.8）

我

我托起一颗星辰
走向未来
通向未来的路径

映射出夺目的光彩
令我热血涌动
叫我心潮澎湃
我扯下一缕云霞
走向碧海
通向碧海的溪流
焕发出迷人的风采
让我思绪难平
催我快快站起来
我喝下一杯蜜酒
滚烫的酒浆流入心怀
心怀旋即荡起来
洗涤污垢
冲刷尘埃
让激情再次燃起来

（2020.10.20）

云霞

你时而浮在云空
时而浪际天涯
时而穿着锦锻
时而披着轻纱
清晨

你常常伴着旭日东升
傍晚
你常常陪着落日西下
你是一道亮丽的风景
你是一幅壮美的图画
天空因你更加绚丽
日月因你愈显风华

（2020.10.25）

晨潮

你从大街小巷流出
拥向早市广场
拥向绿地公园
拥向禾田池塘
你打着生活的节拍
弹奏着岁月的交响
走向田园
走向工厂
走向需要的每一个地方
有时你情意绵绵
有时你淋漓酣畅
有时你波澜壮阔
有时你热情奔放

你有春的明丽
秋的芬芳
夏的蓬勃
冬的端庄
你永远生生不息
你永远情怀激荡

（2020.10.25）

深秋的风

仍旧是那样温柔
没有棱角没有褶皱
没有苦闷没有伤愁
把爱心留给田野
把真情献给丰收
苍生有所施
人类无所求
胸中怀远志
夙生爱金秋

（2020.10.29）

午夜的钟声

划破了夜空的宁静
将我从睡梦中唤醒
驱散了我心间的阴影
让我心灵的天空
重新绽放出明净
让久违的心怀
再一次澎荡起柔情
我没有颓老
我依旧很年轻
我没有后退
我依旧在砥砺前行

（2020.11.1）

为乔榛点赞

您是朗诵界的泰斗
也是配音艺术之神
《角斗士》的片段啊
是那样形象逼真
也是那么叫人刻骨铭心
您虽到了耄耋之年
可您依旧精神矍铄

光彩照人
为一千多部译制片配音
不但赢得了国人的称道
也得到了
世界权威人士的首肯
您不但为祖国赢得了荣誉
也赢得了
配音爱好者的芳心
为见到您的尊荣
为聆听您的配音
他们千里迢迢
来到央视演播中心
久久地等待着
当您出现在
演播大厅的那一刻呀
不知有多少人
为您莅临雀跃欢呼
也不知有多少人
为您光顾泪染衣襟
“配音艺术永恒”
那铿锵豪迈
发自内心深处的
艺术强音
将永远鞭策激励
和昭示后人

（2020.11.6）

冬天里的思念

寒风吹打着我的脸
我这才意识到
我已走进冬天
“夏穿单冬穿棉”
妈妈的亲切话语
再次回响在我的耳边
记得那一年
为了让我能早一天穿上棉衣
她一夜未眠
虽疾病缠身
可她依旧没有
放下手头的针线
穿上妈妈做好的棉衣
我真觉得
通身实实在在的暖
后来妈妈走了
而且走得那么远
可妈妈的音容笑貌
时常浮现在我的眼前
我爱我的妈妈
我要将她优秀的品格
和勤劳的精神
永记心间

（2020.11.6）

冰花

你晶莹剔透
从不敢向温暖伸手
哪怕是一丝的暖意
你也会大汗涌流
你不愿与阳光为伍
你与风寒一起行走

（2020.11.12）

你虽渐渐远去

你虽渐渐远去
可我依旧在企盼神奇
海滩上刻下的那两对脚印
是时空的记忆
古城楼留下的那双倩影
越发显得扑朔迷离
凌空飞行的雁阵啊
请捎去我祝福的话语

（2020.11.12）

寒月

夜深深云悠悠
你从云缝中探出头
把柔美送给人间
把光鲜洒播神州
让靓丽再现云空
让爱意挂满技头

（2020.11.13）

邂逅

那次偶然的邂逅
是你留给我的最初印象
你谈吐儒雅
你秀气端庄
你风度翩翩
你笑声朗朗
宛如一株新柳在勃发
又如一朵荷花在绽放
再次相逢让我领略你的风采
你举止有度
你落落大方
你不惊不慌

你有弛有张
宛如一轮东升的明月
好像一缕耀眼的霞光

（2020.11.19）

微信

友谊的桥梁
心灵的沟通
激情的迸发
情感的交融
来也匆匆
去也匆匆
世间之美丑
万物之枯荣
都会辨得清
读得懂
只是它不想
揭开其神秘面纱
免得两手空空

（2020.11.23）

孤独的枫叶

我在朔风中摇曳
没有一点倦意和失落
我从不向风暴低头
也不渴求人类的怜悯和施舍
我光鲜亮丽
我生机勃勃
晨看日升
夕望日落
面对雪雨冰霜
我引吭高歌
哪怕是粉身碎骨
我也要为大自然留下
灿烂的底色

（2020.11.23）

搜寻

我把思念装入心田
用羞涩遮住颜面
借着暮色搜寻你
你是在天上
你还是在人间

我找到了
我找到了
你在古柳下
你在广场边
笑意盈盈
歌舞翩跹
你依旧那么美丽动人
你还是那样靓丽光鲜

（2020.11.25）

嫦娥

你原本在我的掌中
不知你何时飞入夜空
不见云鹤舞
只晓桂树红
吴刚做向导
玉兔当书童
日日盼归土
夜夜面朝东

（2020.11.16）

攀亲

雪花沾满了我的衣襟
可我依旧站在雪地里
与他攀亲
小到油盐酱醋
大到致贫病根
临别时
望着他远去的背影
“不忘初心、牢记使命”
我的耳畔响起
时代的强音

（2020.11.27）

巨浪

你一泻千里
你所向披靡
你摧枯拉朽如卷席
你为大海推波助澜
你为江河打气助力
做就做个干净利落
干就干个惊天动地
你从来不向邪恶低头

也不向妖魔卑躬屈膝
不怕风雨
更不怕雷击
你心怀坦荡
你行侠仗义

（2020.11.28）

你的背影

望着你的背影
我再一次涕飞泪下
为了不让丈夫劳心费神
为了把儿子儿媳的
负重减轻
你常常废寝忘食戴月披星
为了孙女孙子的健康茁壮
为了一家人的美好憧憬
你毅然挑起了理家的重担
负重前行
黑发变白发
背躬身倾
你虽然时常腰酸背痛
可你依旧忙个不停
你就是家族的脊梁

你就是家族的
一道靓丽风景

（2020.11.29）

寒意

并没有抹去你
仿佛我脑海中的印迹
熠熠生辉
光灿无比
回味起来
是那么的惬意
是那么的神奇
宛如一簇晶莹花
又如一块圣洁玉
令我心醉
叫我痴迷

（2020.11.29）

晨雾

有时你遮天蔽日
有时你痴弱柔情

来无影
去无形
有时你令人心旷神怡
有时叫人寸步难行
你时常与尘埃为伍
偶尔与露霾同行
我常常慨叹
你为何总是叫人摸不透
看不清

（2020.12.4）

迎接黎明

一阵鞭炮
把我从睡梦中叫醒
我揉揉惺忪的眼睛
向外张望
什么都看不清
只瞧见月光下的
片片冰花在眨着眼睛
那片片冰花似乎在告诉我
长夜即将过去
眼前就是黎明

（2020.12.4 晨）

雪花

你洁白无瑕
你剔透晶莹
你婀娜多姿
你磊落光明
你比风还敏感
你比水还柔情
你比松还高洁
你比兰还幽清
山因你而更加峻秀
云因你而更加轻盈
月因你而更加明丽
天因你而更加空灵

（2020.12.4 晨）

冰雪路

冰雪路冰封雪覆
明亮光滑梨花飞渡
行走在你的上面
车缓人怵
一不能东张西望
二不能马马虎虎

要处处小心翼翼
低速驶轻迈步
稍有不慎
重则车毁人亡
轻则伤筋动骨
冰雪路哟
你为何这样冷漠无情
凶险残酷
你有一点恻隐之心吧
把博爱敞开
把生灵呵护
到那时
幸福的人们将会为你
雀跃欢呼

（2020.12.5）

我把爱……

我把爱撒播在原野
爱就会在泥土中开放
伴随着季节的脚步
吐露爱的芬芳
我把爱撒播到云空
爱就会在云朵里绽放

映衬着日月的余晖
折射出爱的光亮
我把爱撒播心中
爱就会在心海里成长
注入生命的元素
迸发出爱的力量
我把爱撒播到大海
爱就会在海水中荡漾
波动着海的琴弦
弹奏出时代的交响

（2020.12.6）

岁月悠悠

时间把岁月丢在路上
渐渐地慢慢地
岁月就会
镀亮昔日的风采
渐渐地慢慢地
走进无限和沧桑

（2020.12.11）

我牵着孙儿的手

我牵着孙儿的手
把虔诚装入行囊
同呵护一道
走向远方
孙儿在呵护中
得到滋养
我常常夜静思
我时时心驰往
孙儿啊
快快乐乐地活
健健康康地长
切莫虚度年华
切莫荒废时光
能成铁呀
一定要成铁
能成钢哟
一定要成钢
因为在孙儿身上
寄托着一个大家族的
深情厚望

（2020.12.11）

风景

梨花不再漫天飞舞
繁星眨着明亮的眼睛
灯光璀璨的十里长街
依旧是雪冷风清
看不见车的踪迹
只瞧见环卫工劳作的身影
汗水湿透了衣背
他们依旧忙个不停
借着铲车的灯光
我仿佛看见
他们
布满血丝的眼睛

（2020.12.11）

雪花

你晶莹剔透
你纯洁无瑕
你婀娜多姿
你潇潇洒洒
你不是在海角定居
就是在天涯安家

你不怕严寒
更不畏风刮
就怕人们牵你的小手
更怕人们吻你的脸颊

（2020.12.13）

砥砺向前

泪一边染湿了
我心中的画卷
一边向我诉说着
它对远方的眷恋
我轻轻扬起
心海的风帆
沐浴着夕阳的余晖
砥砺向前
不畏征途险
莫惧仕途艰
只要一息尚存
我定叫夕阳红霞满天

（2020.12.15）

牵手

现在我牵着孙儿的手
我在前头
他在后头
他踉踉跄跄
晃晃悠悠
幸福温馨涌心头
再过 20 年
孙儿牵着我的手
他在前头
我在后头
我踉踉跄跄
晃晃悠悠
幸福温馨涌心头

（2020.12.16）

山雀

风不再吹
雪不再下
可山雀依旧在
孤柳上叫喳喳
它是在呼唤同伴

它还是在寻找妈妈
噢
原来什么都不是
它是在乞求人们
给它和同伴
一个安全舒适的家

（2020.12.16）

为孙女鼓掌喝彩

孙女小考
又得了双百
望着孙女远去的背影
我是喜笑颜开
等啊等等啊等
一直等到孙女放学归来
我急忙迎上去
把孙女紧紧搂入怀
亲亲她的手
吻吻她的腮
悄悄问孙女
你想要啥
孙女学着我的样子
亲亲我的手

吻吻我的腮
悄悄对我说
我就想喝袋牛奶

（2020.12.17）

盛开的冰凌花

清清的
淡淡的
散发着幽香
它不爱燕语莺歌的南国
只迷恋冰清玉洁的北疆
是在隆冬里生发
是在凌寒下绽放
它比松柏还要高洁
它比冬梅还要倔强
愈冷愈蓬勃
愈寒愈鲜靓

（2020.12.24）

那群枯叶

朔风摇扯着一群枯叶
发出哗啦啦的声响
可这群倔强的枯叶哟
抱住树妈妈死死不放
个个涨红着脸
把春天翘望
春天来了
你猜
那群枯叶是换上新时装
还是随春姑娘去了远方

（2020.12.31）

麻雀的心事

雪越下越大
麻雀的心事越来越重
满心忧伤
满脸愁容
不进颗粒谷
怎能度严冬
雪儿
停下你的脚步吧

我们麻雀家族
将为你点赞
为你请功

（2020.12.30）

秧歌

韵味十足的小镇
秧歌
在那里深深地扎下了根
它给小镇的人们
带来了欢声笑语
带来了乐趣童真
真是越扭越精彩
越扭越健身
越扭越聚力
越扭越凝神

（2021.1.3 早）

忧思

朔风在怒吼
沧海在横流
独伫宅楼苦思愁
人才辈出
那是理想者的
美好憧憬
杂乱无章
那是睿智者的
积虑烦忧
纠偏拨正
治教救师
才会花开沃土
果满神州

（2021.1.3 早）

使命

你是岁月的留痕
你是燃烧的激情
托起
你就是一幅壮美的图画
展开

你就是一道靓丽的风景
你为勇敢者助力
你为担当者证明
你与时代共朝夕
你与岁月共阴晴

（2021.1.11）

誓言

你常常挂在天边
你比云朵还富色彩
你比彩虹更加靓艳
你常常生在田间
你比幼苗还富生机
你比秋实更加丰满
你常常贴在胸前
你比鲜花还富浪漫
你比金牌更加耀眼
你常常刻在心里
你比心潮还富激情
你比火光更加耀眼

（2021.1.12 早）

快乐

是镶嵌在童真脸蛋的酒窝
是闪烁在黄昏溪流中的光泽
是穿越浩瀚时空中的流星
是翱翔绚丽晴空里的白鸽
是流淌在草原中的涓涓清泉
是盛开在沃野上的美丽花朵
是酒桌上的阵阵欢声笑语
是林荫下婉转优美的情歌

（2020.6.3）

挑山工

白天挑着太阳
晚上挑着月亮
一路蹒跚一路向上
一路汗水一路坚强
一步一个脚印
一步一个印章
不怕风吹雨打
无惧骤雨寒霜
把家庭装在心中
把生活担在肩上

把苦水咽在肚里
把刚毅刻在脸上
不怕重压千吨
必须挺直脊梁

（2020.6.17）

思念父亲

穿越时空的长廊
凝视远方的村落
我仿佛又看到
父亲高大的身影
荒野上牧牛
田地里锄禾
汗水淋湿了衣衫
皱纹爬上了前额
劳累向谁诉
困苦对谁说
农忙时
不离生产队
农闲时
不是作木工
就是走村串巷杵碾磨
为了七口之家

为了妻儿老小
他默默践行做父亲的职责
日落而息
日出而作
木工技术
石匠手艺没有师傅
全凭自己潜心琢磨
他做出的木犁
做出的胶轮车
人人都竖大拇哥
上夜校学文化
他的学业成绩
总是名列前茅
他心地善良
谁家安个锨
哪户修个桌
他向来都是有求必应
从不回绝
而且钱不收
水不喝
有钱资助亲友
有米救济邻舍
他家教严厉
勤劳节俭
尊老敬贤

处处讲规则
人走正道
家和好事多

（2020.6.20）

向前　向前

不管是波掀浪打
也不管是风狂雨骤
我都会心平气畅
耳聪目明
悠闲自得立潮头
不管是云压城
也不管是贪吏吼
我都会义无反顾
勇往直前
大步流星不停留
不管是刀光剑影
也不管是棍棒斧头
我都会无怨无悔
无畏无惧
泰然自若昂起头
不管是丢官罢职
也不管是头破血流

为了正义尊严
奋起还击
笑傲红尘写春秋

（2020.6.25）

端午之行见闻录

去时是山青青
路迢迢
归来是树苍苍
浪高高
室外是雨蒙蒙
雾沼沼
屋内是热腾腾
香飘飘
白天是意浓浓
情切切
夜晚是黑漆漆
静悄悄
重逢是笑哈哈
闹吵吵
离别是泪汪汪
手招招
遇蛇是心怦怦

胆怯怯
赏景是兴勃勃
乐滔滔

（2020.6.27）

沧桑

你从童真中走来
带着梦想
牵手浪漫
走向时间的远方
你从稚嫩中走来
带着迷茫
牵手好奇
走向岁月的远方
你从学步中走来
带着倔强
牵手蹒跚
走向成熟的地方
你从祝福中走来
带着善良
牵手仁德
走向圣洁的远方

（2020.7.4）

草原之行

美丽的大草原
那是神奇的世界
那是放飞梦想的地方
那是生命的摇篮
那是人间的天堂
春天蝶舞蜂飞
夏日鸟语花香
秋天硕果累累
冬日玉景银装
我爱大草原的美丽和辽阔
我也爱大草原的迷人和芬芳
那湛蓝湛蓝的天空
曾带给我无穷无尽的遐想
那碧绿碧绿的草场
曾让我的心潮不止一次
澎湃激荡
马奶酒的清醇
蒙古人的豪爽
毡房午宴上的
欢声笑语
篝火晚会上的
纵情歌唱
给我留下了

极其深刻和难忘的印象
溪水流淌绿野间
毡房镶嵌草地上
骏马成群
牛羊肥壮
夜色美琴声扬
人人精神抖擞
个个满面红光
上马挥鞭去
兄弟情意长

（2020.7.5）

梦幻

我在睡梦中一次次地
搜寻着你
呼唤着你
啊
总算是见到了
见到了
你依旧是那样
风度翩翩
青春靓丽
可转瞬间

你又悄悄地离去
是去了花丛间
还是融入云雾里
我不得而知
急得我只能躲在
角落里
默默地哭泣

（2020.7.9）

泪

我撩起梦境的罗纱
看见如花似玉的你
含情脉脉向我走来
向我诉说着离愁别绪
不经意间
你那楚楚动人的双眸里
溢出两串晶莹的泪滴
这泪滴
剔透甜蜜
这泪滴
润湿了我的眼窝
润湿了我的记忆

（2020.7.9）

情缘

也许在天边
也许在地上
也许在林海
也许在牧场
也许近在咫尺
也许在远方
它是跳跃的火花
它是皎洁的月亮
它是绽放的花朵
它是甘甜的蜜糖
它可能昙花一现
它可以地久天长

（2020.7.11）

荷花

池塘里静悄悄
风不吹叶不摇
水不流鱼不跳
只有亭亭玉立的荷儿
把蜂蝶拥抱
扯掉了春天的面纱

给忙碌的人们
送来了夏日的欢笑

（2020.7.11）

夏之美

我迎着初升的骄阳
身披着柔美的晨光
在煦风的陪伴下
走向远方
走向放飞理想的地方
蝴蝶在田野上翩跹
百灵鸟在林海里歌唱
牛儿在牧场上食草
小溪在阡陌边流淌
喜鹊在晴空里飞舞
蒲公英在绿海中绽放
多么美好的世界
多么迷人的景象
什么恩怨情仇
什么迷惘颓唐
在这里全都
一扫而光

（2020.7.26）

一条小路

通向密林深处
蜂儿飞蝶儿舞
泉水叮咚响
秋英满山谷
杀敌勇士曾在这里栖身
抗联将士曾在这里驻足
喊声动天地
热血洒热土
还我河山
驱除鞑虏
奔腾的亮子河
诉说着昨天的悲壮
幽深的小路
记录下昔日的凄苦
风含情水含笑
东方晓旭日出
雨润山河秀
天朗万物苏
国旗升万众呼
飞燕入水俏
鸿途国运殊

（2020.7.26）

夕阳恋歌

丢下昔日的哀愁
挽起今天的欢畅
和心爱的人儿
一同走进奉献的时光
给他们浇水施肥
是为了他们快快成长
给他们雨露阳光
是为了他们能茁壮成长
经得起酷暑
耐得住寒霜
是为了他们更加勇敢
更加坚强
刀山能上
火海能闯
为了国家的长治久安
民族的昌盛兴旺
我们必须构筑起一道
牢不可破的铁壁铜墙

（2020.7.28）

过客的光阴

日月如梭
光阴荏苒
时空的列车载着我们
驶向人生的彼岸
越走距离夕阳越近
越走距离清晨越远
风华正茂
春风得意
早已一去不复还
呕心沥血
砥砺向前
早已成了过往云烟
人生之路
曲折苦短
能删繁就删繁
能化简就化简
星移斗转
心里释然

（2020.7.31）

思念

走在人生的路上
我把念想悄悄地带在身旁
经受了风雨的洗礼
饱尝了岁月的沧桑
沉醉的思绪里
总能泛起阵阵清香
掀开时光的眼帘
我似乎听到光阴
在低吟浅唱
站在三伏的枝头
我把张望的滋味品尝
直至地老天荒

（2020.8.2）

月夜

借着皎洁的月光
一对小鸟悄悄地飞回巢房
它们想轻歌
生怕吵醒进入梦香的儿郎
它们想曼舞
又怕打扰昙花的绽放

什么也不干了
什么也不做了
干脆
抖落掉身上的月光
把甜美的梦境品尝

（2020.8.3）

立秋

秋风起
入夜凉
庭前菊花俏
堤岸柳丝长
禾田秀
五谷香
坡上海棠红
塘边丝果黄
密林中
山珍藏
采收一路歌
归来笑脸扬

（2020.8.7）

雨中街景

风声小
大雨倾
路面积水
阻障难行
绿草枯
花飘零
秋燕入巢
大街小巷
冷冷清清
晚餐后
结伴行
夜色阑珊
沟满壕平

（2020.8.13）

一只风筝

一只断了线的风筝
不知何去何往
只能随风飘荡
它越过平原
跨过山冈

掠过河川
飞过草场
来到了一个陌生
而又荒凉的地方
顿感无限孤独
无言时黯然神伤
想当初
自己为何那样轻浮
又为何那样张扬
躺在地上
茶不思饭不想
只是一个劲儿的
检讨自己
做事为何不能脚踏实地
总是太露锋芒
一切晚矣
等待它的不是笑语欢歌
而是无情的墓场

（2020.8.16）

秋晨静思

一只蜜蜂
挥动着翅膀
抖落掉身上的凉爽
跟着主人去了远方
只留下朝夕相伴的
蝴蝶妹妹
暗自神伤
从此
人们再也见不到
蝶舞蜂飞
鸟语花香
看到的将是
落叶归根
草木枯黄
雪地冰天
玉景银装

不速之客

无数的不速之客
从天而降
击碎了门窗玻璃

也击碎了父老乡亲的希望
击毁了瓜果梨桃
也击毁了大豆高粱
禾田枯
落叶黄
农家泪
溅衣裳
一场风雹雨
百姓遭祸殃

（2020.8.30）

幸福

面向日出的东方
爷爷用巨手
托举起家族的希望
明天的太阳
爷爷忘却了烦恼
爷爷忘却了忧伤
蜜糖嘴里含
快乐胸中装
幸福揣衣兜
笑意写脸上
微风悄悄吹

小曲轻轻唱
就连托举到
爷爷头顶上的
家族希望
也是笑声响亮

（2020.8.30）

电线杆子

无论是冬去春来
还是风狂雨骤
你始终是在那儿
忠于职守
不向严寒折腰
也不向酷暑垂首
一年四季
你始终是
气昂昂
雄赳赳

（2020.9.1）

暖流

你融化了茫茫的雪山
也融化了素裹的山林
你融化了冰封的草莽
也融化了我这颗
冻僵了的心
从今以后
我不再徘徊彷徨
更不会困惑忧心

（2020.9.1）

秋香

秋天到了
林荫下
古道旁
处处散发出淡淡的清香
叫人沉醉
令人欢畅
就连栖息在
老榆树上的那只小喜鹊
也敞开喉咙
尽情地放声歌唱

（2020.9.2）

秋夜

入夜了
居民小区又渐渐
恢复了往日的宁静
树不动
鸟不鸣
车不流
人不行
多美的夜啊
花香月圆
气正风清
忽然一颗流星
从天而降
照亮了宅楼
照亮了廊亭
噢
难道是
天将天兵
提着灯笼
到访人间
察看民情

（2020.9.3）

秋日放歌

凉意摇扯衣袖
偷偷告诉我
不要太恋旧
看
时光会悄悄地来
也会悄悄地走
砥砺前行
莫停留
欢畅牵着我的手
偷偷地告诉我
不要太伤愁
看
风停雨歇
日朗云秀
万里江天
飞彩绸
和谐吻着我的头
偷偷地告诉我
不要太计较
看
紫燕双飞
鸳鸯畅游
其乐融融
度春秋

（2020.9.7）

秋

一场金风
一场凉
平畴林海
放眼黄
晴空飞莺啼
堤岸柳丝长
一场清雨
一场霜
农舍田园
落叶扬
稻谷香千里
禾田收获忙

（2020.9.16）

别了，美莎克

你来势汹汹
你横眉怒对
你用你那无情的巨手
把禾田撕扯得粉碎
稻谷狼藉
丰果欲坠
满野是残枝败叶
遍地是污泥浊水
金秋的美景啊
不再令人流连
收割的场景哟
不再叫人陶醉
待到云开日出时
且看山河依旧美

（2020.9.20）

思念

你是一根无形的绳
也是一条有爱的线
把真挚的情
和浓重的意

紧紧地牵连
一头可能在天上
一头可能在人间
一头可能在繁华的都市
一头可能在美丽的田园
一头可能近在咫尺
一头可能远在天边
无论是银装素裹的冬日
还是硕果累累的秋天
无论是旭日东升的早晨
还是瑞雪纷纷的夜晚
这根绳
这条线
始终把那一头的
冷暖安危忧怀
深深地挂牵

（2021.1.28）

短暂

昨天还在牙牙学语
步履蹒跚
今天就在学海中遨游
书山上登攀

昨天还是花枝招展
歌舞翩跹
今天就是老态龙钟
举步维艰
昨天还是风和日丽
花好月圆
今天就成了银装素裹
雪地冰天
昨天与同学还在口若悬河
推杯换盏
今天却是决别亲友
撒手人寰
刚才还是雷电交加
大雨倾盆
转眼间却是风停雨歇
烟消云散
人生、岁月
在时空的长河中
就像流星，从起点到终点
只是转瞬间
珍爱吧人生，珍惜吧岁月
哪怕是日过中天
风烛残年
也要让人生和岁月的红烛
燃烧得靓丽灿烂

（2021.1.29）

红灯笼

新年到了
银装素裹的小城
风轻云淡
六河九岸瑞雪俏
玉蝶银花满沃畴
漫步十里长街
一只只大红灯笼
一次次吸住我的眼球

红灯笼留给我的是
童年最美记忆
我是伴着红灯笼长大
每逢新年
我都要扎红灯笼
红灯笼亮了
我就像吃了碗香喷喷的水饺
喝杯甘甜甜的蜜酒
洗去我衣襟上的尘埃

荡涤我心灵上的污垢

我提着红灯笼
走过一个个春秋冬夏
虽然已过花甲之年
可我依旧精神抖擞
入海我可以捉虾蟹
上天我可以摘星斗
虽然额头刻上重重的沟壑
可我依旧在人海中畅游
不为宗族兴旺远
只图华夏耀全球

（2022.1.2）

我爱雪梨花

你晶莹剔透
你纯洁无瑕
你比玫瑰还要芬芳
你比百合还要清雅
你根植在高山幽谷间
你栖身于峭岩陡崖下
你披着玉袍银氅
你穿着素装轻纱

你不畏雪阻冰封
你更不惧风吹霜打
不管生存的环境多么险恶
也无论栖息的条件多么复杂
你始终是笑逐颜开
坚韧不拔
香远自珍青
春归满山崖
不结黄金果
只恋淡裙纱
文人墨客常为你吟诗作赋
风儿鸟儿常为你把盛意表达
你把忠贞镌刻云端
你把柔情烙印堤涯
你把美丽带给人间
你把温馨送给万户千家
夜朗羞明月
空清耀云霞
多美啊
雪梨花
香闺少年妇
妆淡碧罗纱

（2022.1.9）

夕阳下的沉思

挽起和煦的风
打开飞旋的思绪
去寻找
逝去的芳华
和那些流逝的印迹

借着夕阳的余晖
把那情思
牵一牵
把那记忆
捋一捋
有苦涩也有甜蜜
有伤怀也有惬意
过往的一切
都已化作云霞
留在风尘中
印在时空里

（2022.5.15）

孤独

你给温暖戴上手铐
你给欢乐加上脚镣
牵着无聊的衣襟
向寂寞诉说着
你的郁闷和苦恼
扒着门缝
向室内瞧了瞧
啊
你仿佛就是
一尊凄冷的冰雕

（2022.5.18）

天问

天上无数星斗
水中一轮月亮
请告诉我
哪个更圆
哪个更亮
池中几朵莲花
堤上一树海棠
请告诉我

哪个更美
哪个更香
云中有只飞燕
林里有群鸞黄
请告诉我
哪个更勤
哪个更忙

（2022.5.18）

小草

它一出生
就那么精气十足
有土便扎根
有阳光便生长
因为它
头顶的是蓝天
根植的是大地
有阳光的沐浴
有雨露的滋润
不怕铁蹄的践踏
不怕犁锄的屠戳
不怕霜欺雪妒
不怕烈火焚烧

春风一度
又是一片绿洲

（2022.5.20）

你虽是一只小鹿

你虽是一只小鹿
可你迈出的却是一个个
坚实的脚步
执着而又坚韧
虔诚而又质朴
风华中带着自信
刚毅中透着铮骨
不与碌碌无为者同流
不与平庸麻木者合污
你虽是一只小鹿
可你迈出的却是一个个
坚实的脚步
年轻而又阳光
稚气而又成熟
精明中透着才智
靓丽中透着气度
与乐业思上者结友
与追求卓越者为伍

（2022.5.20）

鸿雁

一群鸿雁
披上晨曦
衔着南国的春风
牵手美丽的初夏
去寻觅那逝去的年华
青川为之动容
掀起一朵朵澎湃的浪花
浮云为之动容
编织一朵朵嫣红的云霞
碧野为之动容
到处是农民绘制的图画
一群鸿雁
带来的是
生机勃发

（2022.5.20）

清晨漫步

曲径觅乡音
玉桥遇友邻
没有月夜的清冷
没有烈日的灼人

只有风的翅膀
划破空气的低吟
远处的鸟鸣
叫醒了酣睡的幽林
盛开的丁香花
撩起了路人驿动的心
您看
那一朵朵丁香的花瓣上
留下了不知多少路人
湿漉漉的唇印

（2022.5.22）

春回北疆

冰融雪消
小草偷偷地露出绿角
清风牵着我的衣襟
抚摸着我的微笑
丁香花也笑了
笑得
青山草木葱茏
沃野穿上了绿袍
布谷鸟也叫了
叫得
芳蕊招引蜂蝶

阔畴涌动春潮
乡村更美了
美得
街通巷直霓虹闪
炊烟袅袅彩绘描
都市更靓了
靓得
钢筋水泥的森林错落有致
车流人流一浪更比一浪高

（2022.5.22）

暖流

（一）点滴

滴答滴答
这股涓涓的细流
涌入我的血脉
驱走了我躯体的苦痛
赶走了我脑海里的烦忧
激情又重新澎湃在胸
笑意绽放在脸上

（二）输液大厅

滴答滴答
这股涓涓细流
仿佛就像器乐在合奏
和谐的音符
写在医护人员的脸上
是对患者心灵的安慰和护佑
这里没有达官贵人

也没有影星作秀
这里有真情
有乡愁
有知音
也有密友
还有汩汩流淌
永不干涸的暖流

（2022.5.22）

后记

《心灵深处的歌》几经周折，终于和广大读者见面了。

书出版了，似乎功德圆满，尘埃落定。但我的心情却久久不能平静。

虽然这本书不是我的处女作，但却实实在在是我正式出版的第一本书。

我是一个农民的儿子，数十年的艰辛打拼，使我从一个农家娃走上了基层领导的岗位。回眸走过的道路，追忆步步艰辛，每一步都给予了我文学的营养，每一步都丰富了我的阅历。我曾担任过中学团总支书记、乡镇政府副镇长、党委副书记、镇长、书记、区委组织部副部长，现任北林区总工会主席、党组书记。不同的岗位、不同的工作，哪一步不是文学素养的积累呢？曾经有文学巨匠说过：文学的创作，除了知识的积累以外，生活阅历是其中重要的因素。文学家要深入生活、体验生活，就是这个道理。

有幸能成为一名作家、诗人一直是我从小就有的梦想。所以，在政务繁忙的间隙，我始终没有停止对梦想的追求。每晚回到家都要写一些诗歌、诗词和其他一些文字，即使是出差在外，也要写一些耳濡目染的内容，这已经成为我的一个习惯。我一边工作，一边写作，虽然没有什么显著的成绩，但也受到了本地文学界的关注，老师们支持我、扶持我，吸收我为黑龙江省诗词协会会员、绥化市作家协会会员、美术家协会会员、书法家协会会员（美术和书法也是我的一大爱好）。还担任了绥化市诗词协会副主席。对于文学界老师们的鼓励和厚爱，我只有加倍努力学习、创作来回报。近年来，我已有数百首诗词在报纸、期刊和文学网站上发表或转载，有的还收录于《黑龙江男子百家诗词作品选》和《黑龙江省诗词协会会员优秀诗词作品选》。我与他人共同主编了《大地飞歌》《张维新歌》《咱们工人有力量》等诗文集，并出版了个人文集《政隙文踪》《政务文集》等著作。这次《心灵深处的歌》的出版是我文学生涯的一次飞跃。记得两年前，朋友们敦促我将近些年写的东西编辑出版，我始终没敢尝试。今年，承蒙朋友们厚爱，力促我整理书稿，朋友们一力承担将此书出版。如今，梦已成真，我怀着十分感激的心情，对文学界、出版界的朋友们的辛勤付出，特别是绥化市作家协会主席白雪松先生对本书出版所付出的心血，致以万分的感谢！

书虽然出版了，但我知道，它还是一只丑小鸭。我当在此基础上，再加倍努力，让丑小鸭插上白天鹅的翅膀，凌空翱翔。为祖国、为黑龙江的文学之地再添一道微小的景色，贡献出自己一份微薄的力量。

作者

2023 年 6 月 25 日